Connexion

Du même auteur

Les Nouveaux Anciens
L'Arche Éditeur, 2017

Écoute la ville tomber
Rivages, 2018
Rivages poche, 2019

Fracassés
L'Arche Éditeur, 2018

Inconditionnelles
L'Arche Éditeur, 2020

KAE TEMPEST

Connexion

traduit de l'anglais
par Madeleine Nasalik

ÉDITIONS DE L'OLIVIER

L'édition originale de cet ouvrage
a paru chez Faber & Faber en 2020
sous le titre : *On Connection*

ISBN 978.2.8236.1746.7

Note de la traductrice

En 2020 Kate Tempest a rendu publique sa décision de se définir comme non-binaire, précisant dans la foulée son nouveau prénom – Kae – ainsi que son pronom préférentiel – « they », utilisé au singulier.

À la lumière de cette annonce, un nouvel axe de réflexion s'est imposé lors de la traduction de ce texte, celui du genre – donc de l'emploi des pronoms et des accords dérivés – afin de refléter, et de respecter, le cheminement identitaire, non genré, de l'auteur·rice.

En grammaire française il n'existe pas à proprement parler de genre neutre et tout-inclusif – pas encore. Ainsi, il a été retenu pour retranscrire le « they » (indifféremment « ils/elles » en anglais) soit un masculin à valeur de neutre, soit l'indéfini « on », en fonction du contexte et des situations décrites par l'auteur·rice. En revanche, lorsque Tempest se désigne comme sujet et prend le récit à bras-le-corps, c'est le pronom genré « elle » qui a été retenu dans les passages relatant des épisodes antérieurs à sa décision récente (son identité étant à l'époque communément reconnue, et acceptée, comme féminine) et, en parallèle, la pratique inclusive, dégenrée, qui a été mise en place dans les passages au présent, axés sur sa réflexion actuelle ou sur des événements plus contemporains.

Pour Assia Ghendir

Inconnus quoique non imperceptibles

WILLIAM BLAKE[1]

1. Toutes les citations de William Blake sont tirées du *Mariage du Ciel et de l'Enfer* – traduction de Jacques Darras (Gallimard, 2013) pour cet exergue, traduction d'André Gide (José Corti, 1981) pour celles qui ouvrent les chapitres. *(Toutes les notes sont de la traductrice.)*

Déroulement

INSTALLER LE MATOS

Celui qui aime l'eau,
qu'on le plonge dans la rivière.

WILLIAM BLAKE

Ce livre traite de connexion, des liens que les gens tissent entre eux. De la façon dont nous aiguisons notre conscience de nous-mêmes en nous immergeant dans la créativité. Dont nous développons une empathie et nous ancrons dans notre environnement en affinant notre radar créatif.

Je me rends bien compte qu'invoquer le rapprochement et l'universalité n'est pas évident à une époque où la société est traversée de lignes de fracture. Qu'on parle de Black Lives Matter ou de son pendant, All Lives Matter, des droits des transexuel·le·s ou des féministes TERF, des pro- ou des anti-vaccins, impossible d'échapper à l'injonction de choisir son camp. Et les enjeux sont considérables. Ceux qui appellent à l'unité prennent le risque de desservir la lutte de ceux qui se battent pour leurs droits et leurs libertés fondamentales. Si des gouffres se sont creusés entre les uns et les autres, il y a une raison à cela.

Que « nos différences ne comptent pas » ou que rien ne nous distingue de notre voisin, je n'y crois pas une seconde. Je ne suis pas aveugle au contexte politique, économique, historique et social de ces différences, ni aux retombées qu'elles ont sur notre vie. J'estime également qu'au-delà de notre expérience immédiate, vécue sans intermédiaire, et de celle que nous ont léguée nos ancêtres – en fonction de notre identité et de notre culture –, il existe un facteur qui nous est commun et auquel, à mon humble avis, on peut tous accéder via l'élan créatif.

La créativité encourage la connexion. Et cette connexion qui nous relie à notre moi authentique, qui nous force à sortir de notre zone de confort, nous aide à prendre conscience de l'impact que nous avons sur les autres, habitués que nous sommes à traverser l'existence à tâtons dans le brouhaha convulsif de l'enfilade des jours, à piocher au petit bonheur dans chaque rencontre, sans être capables de voir au-delà de *ma survie, la survie de mes gosses, ma survie, la survie de mes gosses.*

/

Dans les chapitres qui suivent, je vais me lancer dans l'éloge de la créativité, l'éloge de la musique et du théâtre, l'éloge des rassemblements humains et du partage des émotions. Je sais bien qu'assister à un concert ou jouer sur les planches n'occupe pas la même place, dans l'ordre des priorités, que l'accès à un logement décent et abordable, à des conditions de travail où l'équité et les normes de sécurité sont respectées, à des soins médicaux, à des produits alimentaires sains et frais, à une eau potable qu'on se procure aisément et à un environnement où les enfants peuvent grandir sans être victimes de violence, de menaces, de traumatismes. Mais on ne m'enlèvera pas de l'idée qu'à côté de ces besoins fondamentaux, l'être humain ne peut et ne pourra jamais se priver de jeu, de créativité, d'introspection et d'expression personnelle.

Voici les mots que je compte employer pour explorer mes idées : créativité, connexion, connexion créative.

La créativité désigne l'aptitude à s'émerveiller, l'envie de réagir à ce qui nous bouscule. Ou, plus simplement, c'est un acte d'amour, quelle qu'en soit la nature. Quelque chose qu'on produit. D'ordinaire on réserve ce terme au domaine artistique, mais il s'applique aussi à toute activité réclamant de la concentration, de la technique et de l'ingéniosité. Il faut de la créativité pour s'habiller avec style, par exemple. Pour élever un enfant. Peindre un châssis de fenêtre. Accorder à la personne qu'on aime son attention pleine et entière.

La connexion, c'est la sensation de s'arrimer à l'instant présent. De s'absorber totalement dans l'expérience au moment où elle est vécue, l'esprit tout entier tendu vers chaque détail. C'est avoir conscience de la place négligeable qu'on occupe dans l'ordre de l'univers. Éprouver le sentiment d'avoir pris racine. Ici, et pas ailleurs. Peu importe que cet « ici » soit une zone de turbulences ou un havre de paix, un lieu de joie ou de souffrance.

La connexion créative, c'est l'emploi de la créativité au service de cette connexion, dans le but de la ressentir et d'investir une zone où des liens se nouent entre toi et les personnes qui t'accompagnent à cet instant.

Les artistes sont sans doute ceux qui empruntent le plus facilement cette passerelle vers un autre monde, un monde plus intime. À vrai dire, quiconque s'est livré à la méditation ou à la prière, quiconque a observé les étoiles, préparé un repas important pour ses proches, balancé son poing à la figure de quelqu'un, vu trente-six chandelles, fabriqué un objet de ses propres mains, développé une compétence parce qu'il n'avait pas d'autre solution, rendu un service, fait don de son temps, vacillé au bord de la folie ou du précipice, digéré une vérité douloureuse, fait passer les autres avant soi, bref, quiconque s'est véritablement mis en quatre pour son prochain a emprunté cette passerelle. La connexion n'est pas l'apanage exclusif des artistes mais l'art est un moyen avéré de comprendre ce qui jaillit de cet ailleurs, là où commence le collectif.

Quand je mentionne « le lecteur », je peux faire référence à la personne qui entame un dialogue avec un texte écrit, un morceau de musique ou une œuvre d'art, mais aussi à la personne qui engage une conversation avec des amis, des inconnus, l'être aimé, le monde en général. Je vois le lecteur comme une porte qui s'ouvre pour laisser entrer le sens.

Quand je mentionne « l'écrivain », je fais référence à la personne qui signe un texte ou compose une musique, mais aussi à la personne qui produit du vécu. Cette part en soi qui construit le récit de sa propre existence et qui cherche sans relâche un fil assez solide pour traverser les pages blanches de l'enchaînement des jours.

/

Un jour James Joyce m'a dit : « Le particulier renferme l'universel. » Merci du conseil. Il m'a appris que plus j'accorde d'attention à mon « particulier », plus j'ai de chances de t'atteindre dans ton particulier à toi.

Depuis vingt ans maintenant, je saute sur chaque micro qu'on me tend, chaque occasion qui m'est offerte de parler et d'être entendu·e. Tout au long de ces vingt années, je ne compte plus les fois où j'ai franchi le seuil d'une salle de concert en me disant : *Sérieux, je ne sais pas si ça va le faire ce soir*. Je me suis senti·e jugé·e. Pas à ma place. J'ai regardé le public et, à mon tour, je l'ai jugé. Je me suis retrouvé·e devant des gens avec qui je n'avais rien en commun et je me suis dit : *Pas moyen que vous et moi, on y arrive ensemble*. Et je ne compte plus les fois où la suite m'a donné tort.

J'ai passé vingt ans un stylo à la main. Vingt ans à étudier l'art des mots qu'on prononce quelque part face à des gens. Ce que j'ai vu, je l'ai observé à travers le filtre de ma créativité : la fonction première de ma vie.

Ces pages contiennent mes réflexions sur l'écriture, la lecture et la scène, parce que c'est ce qui est vrai à mes yeux. J'aborderai spécifiquement ces thèmes et, par ricochet, d'autres plus vastes – l'identité, le mode de vie, l'altérité.

L'empathie, c'est se souvenir que chacun a une histoire. Une multiplicité d'histoires. Et se souvenir aussi de laisser assez de place aux autres pour qu'ils puissent raconter leur histoire avant de raconter la sienne.

Je suis quelqu'un qui aime profondément les gens. Dès que je suis sur le point de craquer, je me ressaisis en prêtant la plus grande attention à ceux que je croise dans mon quotidien.

Oui, j'écris pour ces autres qui me ressemblent. Ces autres qui n'ont pas trouvé leur place, et qui ne l'ont jamais trouvée. Des gouines, comme moi. Qui ont compris qu'il n'y a rien à gagner à rentrer dans le moule, que ce n'est même pas la peine d'essayer, et qui se retrouvent contraintes de tracer leur propre voie.

Ces autres qui n'ont pas encore jeté le monde aux chiottes.

Ces autres qui voient le beau avant le reste et qui assistent malgré eux au carnage.

Ces autres qui voient le carnage avant le reste et qui assistent malgré eux au spectacle du beau.

Et, à côté de ça, ceux qui ont trouvé leur place depuis le début.

Ceux qui se contrefoutent de tout.

Ceux qui n'ont vu le beau nulle part, jamais. Et le

carnage encore moins. Simplement les grandes lignes et le temps qui passe.

Ceux qui partagent mes convictions et ceux qui les tournent en ridicule.

Tout le monde. Tout le temps. Quoi qu'il arrive.

BALANCES

Renard pris n'accuse que le piège.
WILLIAM BLAKE

Le souci avec le reflet, c'est qu'avant de consulter le miroir, on réagence nos traits. Par conséquent, ce qu'on y voit, c'est ce qu'on espère voir. Avant ce coup d'œil furtif dans la vitre noire d'une voiture en stationnement ou la devanture d'un magasin, on a déjà composé la mimique ou adopté la position qui nous va le mieux. On se prépare au choc déclenché par ce qu'on observe. Voir la personne qu'on est en vrai exige une approche différente.

Ce n'est pas chose aisée d'être pleinement ancré dans l'instant présent. Quelles valeurs défends-tu ? Comment concilies-tu tes convictions personnelles et ta réalité en tant que consommateur ? Tu as le sentiment d'être le gentil dans l'histoire, admettons. Mais qu'est-ce qui te le garantit ? À quand remonte la dernière fois où tu as remarqué que ton comportement ne cadrait pas avec tes convictions ? Est-ce qu'il ne t'arrive pas tous les jours de transgresser tes propres règles ? Dans ta tête tu te vois peut-être comme un parangon d'honnêteté et de vertu, mais ça ne t'a pas empêché de mentir à ta moitié et d'effacer les textos. Ça ne t'a pas empêché non plus de péter un câble dans la voiture et d'enguirlander ton fils.

Si le but du jeu consiste à se forger une compréhension plus fine de son comportement, il faut au préalable accéder à la connaissance de soi-même, non pas à travers la lentille déformante du fantasme mais avec un regard conforme à la réalité. Quel costume endosses-tu face à telle ou telle personne ? Quelle serait ta réaction si l'une de tes connaissances lâchait un commentaire raciste ou homophobe, est-ce que tu laisserais filer parce que intervenir et lui couper la parole reviendrait à enfreindre les règles que tu t'imposes en société ? Si oui, serais-tu prêt à assumer ton manque d'intégrité ? À reconnaître que le conformisme implique de substituer son désir d'être aimé des autres, ou d'éviter tout conflit, à ses propres valeurs morales ?

La cohabitation entre ce que nous espérons être et ce que nous sommes en réalité est une marotte de longue date chez les écrivains. Nous sommes intarissables sur les forces rivales qui se disputent nos âmes, de Faust en proie à ses démons à Kendrick Lamar alias K. Dot qui tente de s'en sortir dans *good kid, m.A.A.d city*, en passant par Ulysse protégé par Athéna et châtié par Poséidon. Ces œuvres poussent à examiner à la loupe nos motivations et notre stature morale. Même s'il est bien plus facile de nous décharger sur les dieux ou sur les circonstances, que d'accepter nos responsabilités et déclarer : *Possible que je ne sois pas celui que je crois être. Possible que, en vérité, je n'aie jamais vraiment réfléchi à la question.*

Le fossé qui nous sépare de nous-mêmes s'est creusé. La comédie exigée de nous est devenue réalité et nous nous sommes noyés dans ses bouffonneries. Quelle autre stratégie pour mener sa barque au milieu des paramètres de l'existence ? À part empiler des jetons pour prouver qu'on est digne d'intérêt. À part croire en cette mascarade.

Idem pour le fossé qui nous sépare des autres.

/

L'apathie, ou la déconnexion, correspond à une absence d'émotion authentique. On fait mine d'être impliqué et attentif à ce qui se passe autour de soi alors qu'on a l'esprit ailleurs. On est accaparé par les préoccupations de la journée à un point tel que les événements eux-mêmes passent inaperçus ou sont vécus en gros plan ultraréaliste avec un luxe intolérable de détails, comme une menace mortelle.

Tu la sens, cette torpeur en embuscade derrière chaque action ? Ce désir pervers de garder ton calme, de ne pas capituler ? Es-tu du genre à t'imposer des exigences délirantes ? À écouter sans écouter ? À goûter sans avoir le goût ? Est-ce que tu esquives le clash au lieu de le regarder en face ? Tu as l'impression que tout n'est que façade ? Tu avances comme un somnambule sans jamais rien atteindre de concret ? Tu es incapable de cerner tes préférences, tes émotions, et encore moins de les faire primer sur le reste ? Tu te désintéresses de ce qui vient pomper dans tes réserves ?

Quelles réserves ?

Qui es-tu, toi, quand tu quittes la scène ? Quand tu n'as pas de public ? Quand la personne qui partage ta vie, tes parents, tes enfants, tes amis ne sont pas autour de toi ? Quand tu ne vas pas bosser, quand tu ne paies pas tes factures ? Quand tu n'as pas lâché les études, que tu n'es pas accro au crack, que tu n'es pas à la rue ? Quand tu n'es pas fier d'assurer au boulot ? Quand une nouvelle relation amoureuse, une nouvelle coupe de cheveux, des nouvelles chaussures ou un nouveau système de rangement ne t'apportent plus la paix intérieure ? Quand ta boussole morale n'est pas alimentée par les journaux que tu consultes ou par la ligne politique à laquelle tu souscris ? Qui est le toi que tu rencontres au milieu de la nuit, au sortir d'un rêve, convaincu d'avoir entendu un bruit derrière la porte ?

La même personne que tout le monde a en soi.

/

L'apathie est une réaction logique aux assauts de l'époque actuelle. Afin d'y survivre, de conserver un semblant de santé mentale, de fonctionner voire de s'épanouir, l'apathie devient même nécessaire. Cette léthargie qui saute aux yeux dans les transports à l'heure de pointe, quand on fend la foule d'une zone commerciale ou quand on se promène dans un quartier qui s'est récemment embourgeoisé, quand on embrasse sa compagne ou son compagnon tout en pensant à autre chose. Quand on accomplit les corvées abrutissantes du quotidien au bout d'une journée tout aussi abrutissante passée à faire ce qu'il faut pour prolonger notre présence sur cette planète. L'anesthésie fugace de l'ivresse ou des plans cul d'où est banni tout sentiment, de la dope pas chère ou hors de prix. Une apathie permissive, récréative, qui trouve sa récompense dans une hébétude de plus en plus profonde. Une apathie qui consiste à quitter son corps, à quitter son esprit et, dans la foulée, quitter la pièce en déclarant : « La vie continue », « C'est comme ça », « Tu vas pas en mourir », « Faut s'accrocher », « Faut s'activer. » S'activer, toujours s'activer, dans un état de dissociation constante, légère ou sévère. Boulimie d'écrans. Boulimie d'alcool. Boulimie de bouffe. Néant.

Cette apathie, je la connais bien, parce que c'est ma vie.

Ç'a été mon Graal. Longtemps je me suis livré·e corps et âme à cette quête. Ne plus rien sentir. Passer au travers de ce que je vivais au lieu de m'y ancrer. Il m'a fallu quelque chose de dévorant pour m'arracher à la réalité. J'ai choisi la came et l'alcool pour m'affranchir des pressions exercées par mon cerveau et par la société. J'y ai puisé du bon comme du mauvais. L'apathie, ça peut être magnifique. Nécessaire, aussi. Ce qu'il nous faut, c'est de l'équilibre. Lorsqu'une vie dérape et s'abîme dans la déconnexion, ou dans un excès de connexion, on peut s'épuiser à tenter de ressusciter son avatar ou de ré-enraciner ce qui a été déraciné.

Me voici lancé·e à la poursuite d'un antidote. Même

s'il n'est pas impératif de s'immuniser contre l'apathie ni de l'écarter de la palette de l'expérience humaine. Elle participe pleinement de ce vécu.

Je peux me permettre de le dire parce que je suis dans une position privilégiée. Se trouver en mesure d'ignorer la réalité de ce qui est perpétré par ce système, de ce qu'il s'obstine à perpétrer, c'est s'en rendre complice. En plus d'en tirer un immense bénéfice. Être capable de fermer les yeux sur la façon dont les grands gagnants ont rempli leurs coffres-forts de richesses minérales, c'est palper aussi sa part. La longue liste des nations pillées, des dictateurs installés au pouvoir, des soulèvements financés par des intérêts corporatistes, les corps jetés en prison, les terres ravagées. La mort, la maladie et les pipelines. Être capable de fermer les yeux sur les inégalités à l'œuvre dans sa propre ville, c'est prospérer sur le terreau de ces inégalités. Le racisme institutionnalisé dans les États où être noir de peau fait de toi un criminel. Le recours de plus en plus massif aux banques alimentaires. Les familles qui n'ont toujours pas trouvé de logement décent des années après l'horreur de Grenfell.

Ne pense pas, surtout ne pas penser. Je suis enlisé dans mon ornière et rien n'est réel hormis l'espace infini devant moi, bloqué sur place je m'agite dans tous les sens. Ils m'ont enlevé toutes mes heures de boulot du coup pas moyen de payer le loyer, et j'attends toujours la réponse de l'office HLM, et je m'en sors grâce au coup de pouce de mes potes mais ça ne va pas durer éternellement. Je suis vide à l'intérieur. Je suis quelqu'un de bien. J'offre une oreille attentive à mes amis quand ils ont le cœur brisé, à chacun j'adresse un conseil avisé. Je fais mon maximum pour ma famille, je vais les voir tout le temps. Je garde pour moi mes blagues vaseuses, tous les gosses m'adorent. Je m'entends bien avec les animaux. Je n'oublie pas de faire du charme à mon mari. À Noël j'achète des bijoux à ma femme. Je suis vide à l'intérieur.

James Baldwin décrit ainsi l'étau de l'amour obsessionnel dans *La Chambre de Giovanni* : « Dans cette chambre, j'avais l'impression de vivre sous la mer ; le temps passait au-dessus de nous, indifférent, les heures et les jours ne voulaient rien dire[1]. » On patauge dans un marécage de même nature où rien n'est accessible,

1. James Baldwin, *La Chambre de Giovanni*, Payot & Rivages, 1997 (traduction d'Élisabeth Guinsbourg).

où le temps s'étire à l'infini, où tout est remis à plus tard. Un peu comme lorsqu'on se noie dans une relation toxique. Ça, je sais que je n'en veux pas. Mais je ne sais pas comment y échapper.

L'ordre établi compte sur ton apathie. Tu es là pour consommer. Tu n'as aucune autre utilité aux yeux de ceux qui gouvernent. Tu n'es rien. Tu graisses les rouages d'une machine qui s'appuie sur ta complicité et ta malléabilité fervente. On t'a martelé que tu étais une graine qui portait en elle un avenir radieux, absolument splendide, que pour vivre ta vie à fond il te suffisait de prendre part à la compétition. D'être un winner. De consommer. Tu consommes, tes parents consommaient et tes grands-parents avant eux, et tes enfants consommeront. Voilà ton héritage. Depuis les Lumières, ce siècle sanctifié qui a vu l'Europe se vautrer dans le sang, qui a édifié son propre piédestal et diffusé sa propagande dans nos écoles, dans nos manuels pédagogiques et sur nos écrans de télévision, proclamant le mythe d'une ère d'excellence artistique et philosophique sans pareille, une ère de fraternité et d'esprit libertaire alors qu'elle était en réalité marquée par la violence, les guerres civiles et les conflits inter-États, les inégalités, la répression et la cruauté barbare. Arrosée de sang.

Le sang des travailleurs. Le sang des humains à la peau brune ou noire, ces corps exploités, monnayés, tués au nom du progrès. Ensanglantés, avilis, debout sur des colonnes dans toutes ces villes épouvantables qui sont les nôtres, d'orgueilleux temples en pierre commémorant un siècle de ténèbres qu'on nous a vendu comme un siècle éblouissant. On vit encore à cette époque. Son chaos est toujours d'actualité. L'industrialisation des inégalités n'a jamais cessé. Ton apathie est nécessaire. Mon apathie l'est tout autant.

Et pourtant.

Réciter des poèmes remet tout le monde au même niveau.

Cela, je l'ai vu de mes propres yeux, un nombre incalculable de fois, dans des contextes très différents. Pas de musique, pas de scène, pas de décor, seulement une personne qui parle et une autre qui écoute – une performance de *spoken word* peut se tenir n'importe où, et un poète, quand il a une date de fixée, il l'honore, même si le contexte paraît incongru. J'ai récité des poèmes dans des galeries d'art au cœur de Londres, à l'occasion de soirées queer dans des centres sociaux, devant des jeunes dans un refuge pour sans-abri, face au PDG d'une banque internationale sur une montagne privée et à un gang de motards marginaux dans une gargote de fruits de mer sur la Pacific Coast Highway. Avec à chaque fois les mains qui tremblaient, le désir irrépressible de me connecter à l'autre et l'impression que rien ne serait plus jamais pareil. J'ai donné de la voix entre deux groupes punk lors de concerts organisés dans des squats, pendant que des DJ mixaient de la jungle durant une free party, après des présentations laborieuses devant des élèves et dans des établissements d'éducation alternative, dans l'Opéra d'un village italien, sur un bout de trottoir pendant des joutes de rap et à l'occasion de cocktails de levée de fonds pour des institutions culturelles. Un jour on m'a demandé de déclamer mes poèmes sous un chapiteau pendant un festival d'humour ; le public, qui attendait un comique célèbre, m'a vue débarquer en traînant les pieds pour parler d'Icare. Je me suis produite dans des bibliothèques, entre deux numéros de cirque lors de festivals de SF post-apocalyptiques, dans des bars à cocktails en partageant l'affiche avec des artistes de cabaret, pendant des battles, chez des gens dans leur salon, au pub alors qu'un match de foot passait à la télé, devant l'entrée de la salle où un autre artiste était en concert, sur le parking de l'Albert Hall. Il y a aussi eu la fois où j'ai dû me percher sur le comptoir d'un pub bondé pour brailler mes poèmes, et sur le moment ça m'a paru normal. J'ai déclamé dans un magasin d'articles de sport devant une cohorte de sprinteurs qui revenaient d'une course ; je portais les mêmes vêtements que la veille, j'avais la tronche écarlate à cause de tout ce que je picolais et j'ai récité des poèmes aux thèmes vaguement inspirants pendant que les coureurs séchaient dans leur tenue en Lycra. Des poèmes, j'en ai récité un paquet dans les foyers de salles de spectacle. J'ai l'impression qu'on squattait toujours le foyer, nous donnant à fond pour le public qui défilait devant nous à la sortie de l'auditorium où se produisait l'artiste principal pour aller aux toilettes ou commander un verre de rosé à la buvette.

Le langage mis à nu fait ressortir notre humanité : quand les gens écoutent quelqu'un raconter son histoire, ils deviennent beaucoup plus ouverts, plus vulnérables, et ils baissent la garde ; l'ambiance se réchauffe, s'apaise. La fois où je me suis produite devant les détenus de la prison de Holloway, mes mots ont résonné comme jamais ils n'avaient résonné jusque-là. Soudain chaque vers s'est planté de façon absolue dans l'instant présent et je l'ai vécu avec une intensité inouïe. À peu près à la même période, j'ai été bookée pour l'inauguration de la boutique Louis Vuitton Maison sur Bond Street et là, il s'est produit la même chose. Mes mots étaient parfaitement affûtés, au pic de leur puissance. J'étais là, en bas de jogging, en train de marcher sur les pieds de top models, avec la sensation d'être complètement à poil et jugée par tout le monde, mais j'ai commencé à déclamer mes poèmes et à ce moment-là l'énergie ambiante a complètement changé, et la mienne aussi : chacun s'est ouvert à l'autre. Toutes les fois où j'ai franchi le seuil d'un endroit insolite avec mes poèmes à faire entendre, j'ai dû affronter mes propres complexes et les a priori que je nourrissais sur les gens à qui j'allais m'adresser, ainsi que les raisons qui me poussaient à cela, et j'en ai retenu une leçon : ce qui nous connecte pèse plus lourd que ce qui nous divise.

PORTES

> Sans contraintes il n'est pas de progrès.
>
> WILLIAM BLAKE

En 1913, Carl Jung, éminente figure de la psychologie, de la psychiatrie et de la psychothérapie, trois disciplines qui en étaient à leurs débuts, entama un périple qui allait durer dix-huit ans et le mener à la « confrontation avec l'inconscient ». Il développa une technique appelée « l'imagination active », qui l'aida à façonner une imagerie intérieure. Il s'enfermait dans son étude tard le soir et se lançait dans d'exténuantes séances d'écriture et de peinture dont il sortait parfois vacillant entre raison et folie. Ce qu'il découvrit lors de ces séances forma le noyau du corpus théorique qu'il publia par la suite. Il décrivit ces années de recherches comme le « germe numineux qui renfermait déjà tout ». Il conserva des comptes rendus de ses expérimentations nocturnes et les consigna dans un ouvrage passé depuis à la postérité : *Le Livre rouge*, qui ne fut publié que dans les années 2000, près d'un demi-siècle après sa mort.

Début 2016, je venais d'achever la tournée de mon

premier album solo, *Everybody Down*, qui m'avait entraînée dix-huit mois sur les routes. Une tournée à la dure, sans confort superflu, durant laquelle on s'est produits dans des salles dont la capacité d'accueil variait de deux cents (le Corsica Studios) à deux mille spectateurs (l'Electric Brixton). On a sillonné la Grande-Bretagne et le continent à bord de l'« Unité Mobile », une fourgonnette d'occasion qui avait été, dans une vie antérieure, un véhicule spécialement aménagé offrant tout le confort aux cantonniers qui bossaient sur les autoroutes. On a démonté les WC à l'arrière et entreposé les instruments à la place. Huit sièges, des distributeurs de savon pour les mains disposés un peu partout, une théière de contenance industrielle. C'est seulement au bout de trois semaines, en plein hiver dans le nord de l'Europe, qu'on a compris comment faire marcher le chauffage. Quelque part au milieu de tout ça j'ai publié mon premier roman, *Écoute la ville tomber*, et j'ai dû partir aux États-Unis pour en faire la promotion dans des cafés et des librairies. À un moment je me suis retrouvée à Portland, dans l'Oregon, vidée et complètement désorientée, et je suis allée écrire des chansons dans un parc pas très loin de l'endroit où je devais présenter mon livre.

Le nombre de sans-abri aux États-Unis, en particulier sur la côte Ouest au climat plus doux, est proprement hallucinant. Un type que j'ai rencontré à Los Angeles avait installé un sommier, un matelas et un fauteuil sur son coin de trottoir, et même une lampe de chevet qui n'était pas branchée. Les personnes avec qui j'ai échangé m'ont appris qu'être à la rue, dans la tête des gens, c'est intimement lié à la maladie mentale, et ce postulat se vérifie dans les faits : une étude menée par l'université de Harvard estime que la proportion de personnes atteintes de troubles psychiatriques sévères parmi les SDF s'élève à 30 %. Ce qui explique, en pratique, pourquoi ils sont invisibles alors qu'on peut difficilement faire plus visible qu'une maison à ciel ouvert dans une rue passante. Les gens avec qui j'ai discuté – des collègues qui travaillent dans l'édition, des artistes ou simplement des inconnus dont j'ai croisé la route alors que je vaquais à mes petites affaires – ont tous tendance à penser que les SDF sont bons pour la camisole et qu'il faut limiter au maximum les contacts avec eux, car ils représentent une menace. J'ai séjourné dans des hôtels classieux situés dans les quartiers huppés de métropoles où les sans-abri sont légion. Le parallèle entre les membres « productifs » et les membres « improductifs » de la société m'a fait l'effet d'un uppercut. Et la manière dont ces deux factions de l'humanité coexistent en s'ignorant royalement m'a semblé, en tant qu'observatrice venue de l'étranger, chorégraphiée avec minutie.

Qu'elle est sinistre et curieuse, notre façon d'habiter cette planète.

Je devais quitter les États-Unis deux ou trois jours plus tard et prendre l'avion pour l'Australie, où j'étais chargée de prononcer le discours inaugural du Festival des Écrivains de Sydney. Je n'avais encore rien préparé et j'avais beau tourner et retourner mes idées, pas moyen de m'en dépêtrer.

Partout où je posais les yeux je voyais l'impact du colonialisme et le sang versé en son nom. Une violence insondable s'était logée au cœur des choses, et il y avait un contraste saisissant dans ces cités verticales : le faste exubérant de leur prospérité capitaliste, tranchant avec la sensation qui montait de la terre elle-même. Une sensation plus ample, plus profonde et plus vraie que les néons, le verre et les sourires factices.

J'étais épuisée. Très seule. Et le monde débordait d'hypocrisie et de fiel. Je me répétais : *À quoi bon écrire ? Qu'est-ce que ça peut y changer ?*

J'ai discuté avec un type qui vivait dans le parc. Je notais des trucs dans mon calepin, il m'a vue, il s'est approché, on s'est salués et on a engagé la conversation. Il a eu l'air de s'intéresser à ce que je faisais. J'ai expliqué que j'étais poète, que je venais de Londres. Lui-même était amateur de poésie. La petite soixantaine, à vue de nez, peut-être plus. Il m'a raconté que depuis l'âge de dix-sept ans il gardait précieusement sur lui un recueil de poèmes que lui avait donné sa mère. Un fin volume de Derek Walcott, une édition de poche à la couverture verte. Malgré les épreuves traversées tout au long de sa vie, ses revers de fortune, les endroits où il avait vécu et qu'il avait dû quitter, l'homme ne s'était jamais séparé de ce livre. Il m'a expliqué aussi que l'avoir dans sa poche lui permettait de se sentir humain, proche de sa mère et de l'enfant qu'il avait été, ce qui lui procurait un immense réconfort. J'ai été touchée par la connexion que j'ai établie avec cet homme. C'était quelqu'un de très doux.

/

Quand on m'a proposé d'écrire *Connexion*, on me l'a présenté comme un essai qui s'inscrirait dans une collection d'opuscules. J'ai eu le sentiment que l'éditeur attendait un texte Politique, avec un grand *p*. Pourtant, j'ai pris le parti de parler de ce que je connais. La créativité, je connais. Je nourris avec ma propre créativité une relation bizarre et passionnée depuis mes douze ou treize ans, une époque où je souffrais de troubles psychologiques, où je me débattais avec un cerveau qui me menait la vie dure, des soucis familiaux et une dysphorie de genre en m'assommant à coups de drogue et d'alcool. J'étais une ado fugueuse, j'avais lâché les cours et je dealais, mais j'étais assez blanche et assez classe moyenne pour que ça ne foute pas ma vie en l'air ni que ça ne me définisse pour toujours. Ces privilèges m'ont autorisée à commettre des erreurs. Des erreurs identiques à celles qu'ont commises quelques-uns de mes amis noirs ou issus de familles d'ouvriers, qui ont fini en prison, à l'hôpital ou, pour certains, au cimetière.

Repose en paix, Alfie, mon magnifique ami. Repose en paix, Omar. À jamais dans ma mémoire.

En ce temps-là je voyais les choses autrement. J'étais paumée. Je dormais dans les cimetières avec mon meilleur pote qui carburait à l'héro, ou je montais sans me faire prier dans la voiture d'un type de cinquante balais, un inconnu qui me payait de la bière et des clopes pour que je le laisse me tripoter. Les journées se ressemblaient toutes : trouver du fric et finir défoncée. C'était l'objectif majeur de ma vie. Je souffrais terriblement. Je ne m'explique pas comment c'est arrivé, mais la créativité a réussi à percer le brouillard quand rien d'autre n'y parvenait. Elle m'a servi de boussole et de point de mire, elle a jeté une passerelle vers d'autres personnes créatives. Ce qui a déclenché une métamorphose. Je suis tombée amoureuse de la musique. Éperdument amoureuse, et la joie s'est emparée de moi. J'ai vécu la créativité comme une version plus âgée, ou sublimée, de moi-même : une voix qui s'infiltrait sous mon crâne, littéralement, et me disait quoi faire. Je me suis trouvé des affinités avec des écrivains et des musiciens, je me suis plongée dans leur œuvre. J'ai trouvé une vocation et je m'y suis accrochée avec une détermination proche de l'obsession. Cela m'a apporté un nouvel horizon et de nouvelles amitiés, tout en me détournant de la voie que j'avais empruntée, pile au moment où c'était devenu une nécessité absolue. J'ai avancé en âge et ma créativité est restée la constante qui a avancé avec moi. D'une fiabilité sans faille. Exigeant toujours de moi un coup de collier supplémentaire pour devenir le genre de personne que je voulais être. M'insufflant l'énergie de poursuivre mes idées par des approches inédites. Me gardant en vie.

Tout au long de mon périple je me suis heurtée à des tas de gens à côté de la plaque. Par le passé je les jugeais « obtus », totalement fermés. Ils m'agaçaient, leur manque de « lucidité » me faisait bondir. Je me disais que, si je trouvais un moyen de les « atteindre », j'arriverais forcément à leur « ouvrir les yeux ». À présent je vois les choses sous un angle différent, et c'est tant mieux. Je vois que chaque personne prise individuellement pâtit à sa façon de la violence de la vie, que chacun porte son fardeau comme il le peut. Les gens sont dans une souffrance extrême et, idéalement, ils doivent digérer leurs traumatismes afin d'accéder à une forme de paix. Mais que faire quand on est en pleine tourmente et qu'on n'a pas une seconde de répit ? Chacun sa réaction. Chacun sa tourmente. Ce n'est pas à moi de juger les conclusions qu'un autre a tirées ni la manière dont il les a tirées. Je ne cherche plus à convertir qui que ce soit. Ce qui m'intéresse, c'est la connexion.

Comment expliquer que ce type dorme dans le parc alors qu'à moi on m'a offert la chance de parcourir le monde pour présenter ma poésie ? J'aimerais bien croire que mes succès, je les ai décrochés grâce à mon travail acharné, mon talent et ma volonté, mais regardons les choses en face : les dés sont pipés. Si j'avais la peau moins blanche, si j'étais moins jeune, si je n'étais pas estampillée du label « inoffensif », est-ce qu'on m'aurait permis de dire la moitié des choses que j'ai dites ces dernières années sans me taper sur les doigts ? Probablement pas, et on m'aurait encore moins tressé des lauriers. (Dans mes toutes premières interviews les journalistes ne manquaient jamais de mentionner ma mine « angélique », mes cheveux « blonds comme les blés », ma bouille de bébé et ma fascination pour la mythologie grecque, autant de références destinées à conforter mon « adoubement » par le système.)

Si le monde fonctionnait autrement, si la vie, dans un souci de justice, offrait à chacun les mêmes opportunités qu'à son voisin, le type du parc n'aurait-il pas pu être le poète en tournée internationale tandis que moi j'aurais dormi sur un banc ?

Derrière chaque échange, chaque rencontre, chaque occasion ratée ou chaque coup de bol, derrière les événements, grands et triviaux, de la vie, s'affrontent des masses d'air qui génèrent anticyclones et perturbations.

Ce soir-là j'étais invitée à la librairie Powell's City of Books. L'endroit était immense et imposait le respect. J'ai passé un bon moment à flâner dans les rayons, faisant voler mon espoir comme un vieux cerf-volant en lambeaux : *Vous tous qui zonez en ces lieux, y aurait-il parmi vous un littérateur, comme moi ? Ça vous dirait qu'on aille dehors s'en griller une ?* Pas de réponse. Rien.

Je suis montée sans trop me presser à l'étage, là où devait se tenir la rencontre : quelques chaises alignées devant un micro. De l'autre côté de l'escalier, j'ai remarqué une petite pièce délimitée par des panneaux vitrés. À l'intérieur les clients se tenaient penchés, immobiles, au-dessus de vitrines d'exposition. Sur la porte, un écriteau : *Livres rares.* J'ai demandé à une libraire si je pouvais entrer pour y jeter un œil. « Bien sûr, mon chou, ne te gêne pas », a-t-elle répondu. J'ai poussé la porte et pénétré dans le silence des mots d'un autre temps.

Posé sur un lutrin au centre d'une vitrine, encadré par d'imposants carnets de photographies et de vieux ouvrages reliés de cuir, se trouvait *Le Livre rouge* de Jung. Au moins trente centimètres sur trente, éclairé par en dessous et ouvert aux premières pages. Des pages que j'ai lues, et j'ai senti ma respiration changer de rythme : quelque chose dans cette langue me parlait. J'étais à la ramasse, à deux doigts de craquer. Je n'avais aucune envie de me lever, de lire des passages de mon roman puis de répondre à des questions dans une librairie. Si ça n'avait tenu qu'à moi, je serais restée sur le banc, à faire la causette avec mon nouvel ami jusqu'à ce que vienne l'heure de monter dans l'avion direction la ville suivante. Mais à l'instant où j'ai vu ce livre, et à l'instant où j'ai lu cette page, j'ai eu la sensation de me redécouvrir.

> Parlez de folie morbide quand l'esprit des profondeurs ne peut plus reculer et oblige l'homme à parler en langues plutôt qu'en langage humain, et quand il lui fait croire qu'il est lui-même l'esprit des profondeurs. Mais parlez aussi de folie morbide quand l'esprit de ce temps ne lâche pas un homme et l'oblige à ne toujours voir que la surface, à renier l'esprit des profondeurs et à se prendre lui-même pour l'esprit de ce temps. L'esprit de ce temps n'est pas divin, l'esprit des profondeurs n'est pas divin, l'équilibre est divin[1].

1. Toutes les citations du *Livre rouge* de C. G. Jung sont extraites de l'édition de L'Iconoclaste / La Compagnie du Livre rouge, 2012. Traduction de l'allemand par Christine Maillard, Pierre Deshusses, Véronique Liard, Claude Maillard, Fabrice Malkani et Lidwine Portes.

J'ai acheté un exemplaire de l'édition commercialisée – un volume plus compact que le fac-similé et sans les illustrations –, et j'ai commencé à le lire posée sur l'une des chaises vides qui attendaient mon public. Je me souviens que j'ai levé les yeux, désorientée, quand un homme souriant au torse bombé m'a tapoté le coude alors que les gens s'installaient tranquillement pour la rencontre.

Ce soir-là, j'ai parlé de la créativité. Des récits que l'on forge et qui cimentent le monde tout en contribuant à sa désagrégation. Du rôle crucial de la littérature et du conte dans le développement de l'empathie, de la nécessité de rester vigilant face aux inégalités qui gangrènent notre système. J'ai poursuivi ma réflexion sur ces sujets tout au long de la tournée et, au bout du compte, j'en ai parlé dans le discours que j'ai prononcé à l'inauguration du Festival des Écrivains de Sydney. En réalité, le contenu des pages que j'écris à l'instant a pris forme dans mon esprit à Portland, dans cette librairie, après ma rencontre avec l'homme du parc et ma découverte de Jung dans le cabinet de raretés littéraires.

Il me paraît important de souligner que mes prises de parole face aux auditoires qui se rassemblent pour m'écouter aux quatre coins du globe tirent leur substance et leur inspiration d'un échange avec un homme dont j'ignore à ce jour l'identité, et qui n'aura pas l'opportunité de parler en son nom propre dans le présent texte.

/

Dans son *Livre Rouge* Jung explore en détail son idée selon laquelle l'individu est gouverné par deux forces : l'esprit de ce temps et l'esprit des profondeurs. Cette idée a trouvé en moi un écho si profond qu'elle a modelé en grande partie le regard que je porte sur la condition humaine.

Dans l'interprétation qui est la mienne, l'esprit de ce temps, c'est cette partie de toi qui réaménage ta vie pour en tirer un récit que tu puisses encaisser, la partie qui se préoccupe des problèmes du moment, des tendances actuelles et des affaires courantes. Cette facette de toi qui t'exhorte à réaliser une somme d'objectifs spécifiques – avoir des enfants, te caser, tirer un trait sur l'alcool ou sur la came, mettre assez de côté pour quitter la ville où tu as grandi. Cette facette dont les efforts tendent vers un but concret. Qui se soucie de respectabilité et de reconnaissance sociale.

L'esprit des profondeurs, c'est ce qu'il y a d'ancien en toi. La part qui réagit au monde invisible. Celle qui exclut toute logique et s'exprime par des symboles lourds de sens. Ta folie, tes rêves, tes visions. L'esprit des profondeurs communique par l'intermédiaire d'archétypes, de masques, de formes animales. Ce qui l'attire, c'est la nature, les espaces sauvages. L'esprit des profondeurs n'est pas satisfait quand tu obtiens ce que l'esprit de ce temps juge essentiel à une vie satisfaisante. L'esprit des profondeurs voit l'âme

> comme un être vivant existant par lui-même et il contredit ainsi l'esprit de ce temps pour qui l'âme est une chose qui dépend de l'homme, qui peut être jugée et classifiée, et dont nous pouvons saisir l'ampleur. J'ai dû reconnaître que ce que j'appelais autrefois mon âme n'avait absolument pas été mon âme, mais une construction doctrinale sans vie.

Dans *Le Livre rouge*, Jung part en quête de ces deux esprits, puis il les explore sans relâche, les met à l'épreuve et les invite à parler par son truchement. Il se plonge dans une sorte de transe. Il frôle la psychose, conjurant des esprits et encourageant ses hallucinations dans le but de « retrouver » son âme.

> Celui dont le désir se détourne des choses extérieures parvient au siège de l'âme. S'il ne trouve pas l'âme, l'horreur du vide s'emparera de lui et la peur le poussera à coups de fouet encore et encore dans une quête désespérée des choses creuses de ce monde auxquelles il aspirera aveuglément. Il deviendra le bouffon de son désir sans fin, s'éloignera de son âme et la perdra pour ne jamais la retrouver. Il courra après toutes les choses, il les tirera toutes vers lui, mais ne trouvera pas son âme, car il ne la trouverait qu'en lui.

Nous avons couru après toutes les choses, nous les avons toutes tirées vers nous, mais nous n'avons pas trouvé notre âme, car nous ne la trouverions qu'en nous.

Internet est à mes yeux l'expression ultime de l'esprit de ce temps : la voix démultipliée de la conscience collective. Mais ce qu'Internet ne peut pas représenter, c'est l'inconscient collectif : l'esprit des profondeurs parle à travers la poésie et la musique, le roman, l'image et le mythe. Il est déconnecté. Souterrain. Accessible quand on met en place un rituel créatif, mais aussi quand on s'abandonne à une force indomptée et, à bien des égards, terrifiante.

Dans la pensée de Jung, l'individu doit maintenir en lui un équilibre solide entre l'esprit de ce temps et l'esprit des profondeurs ; si l'un prend le pas sur l'autre, c'est la porte ouverte aux névroses. Et cela s'applique à l'individu comme à la société. Notre civilisation a permis aux plateaux de la balance de basculer de façon spectaculaire et, coupés de notre nature profonde, le dos tourné à l'esprit des profondeurs, nous nous livrons corps et âme à l'esprit de ce temps. Si nous voulons retrouver l'équilibre, il nous faut redévelopper notre capacité à chercher sous la surface, nous « détourner des choses extérieures ». Affronter ce qui se tapit en nous-mêmes. Et cela passe par la connexion et la créativité.

PREMIÈRE PARTIE

L'acte le plus sublime,
c'est de placer un autre devant soi.

WILLIAM BLAKE

Lisant et relisant dix fois le même paragraphe, le lecteur lâche le livre. Il réalise que ses pensées ne cessent de parasiter le texte. S'il a ouvert ce livre, c'est pour avoir accès à sa propre expérience, se remémorer le passé, ausculter ses relations ou affermir ses opinions. Incapable de décrypter les autres sans se décrypter lui-même au préalable. Le livre lui tombe des mains, il retourne à son téléphone portable.

Pendant ce temps, à l'autre bout de la ville, quelqu'un fait le ménage dans son appartement, passe une commande sur Internet et organise une soirée d'anniversaire avec un groupe d'amis tout en écoutant de la musique. Il a du mal à se concentrer sur une tâche, la musique l'aide à ne pas s'éparpiller. Il a choisi une playlist établie par un algorithme et n'y prête attention qu'au moment où il se rend compte qu'il n'aime pas le morceau qui passe et qu'il le zappe. Plus tard, il fait de la muscu dans sa chambre au rythme enlevé d'une playlist de fitness et passe la soirée la tête dans ses cours, assis à la table de la cuisine, du piano dépersonnalisé en fond sonore. Compositeur, année, interprète, aucune importance. Il suffit de sélectionner « piano relaxant pour se concentrer ». De la musique d'ambiance. Tout est à toi. Prends ce qui te fait envie. Sers-toi.

Dans une salle de classe à l'étage d'une école, un élève apprend à lire sans que son énergie créatrice soit stimulée, afin de mieux se préparer à la vie professionnelle : on lui inculque qu'il faut éviter de réagir énergiquement au mot écrit, rester à distance, tirer un enseignement de l'expérience vécue au lieu d'en être acteur. Il prend des notes, participe, pose des questions, résume le contenu de la leçon afin de mieux cerner le contexte.

/

Les tendances de l'époque nous sont martelées avec une férocité telle qu'elles affleurent spontanément dans nos actes.

Lorsqu'on fait une fixation sur ce qu'on peut tirer d'un échange, sur le bénéfice qu'il nous est possible d'engranger, au lieu de réfléchir à notre propre contribution, on manifeste une mentalité d'exploiteur. Cette mentalité peut être intrinsèque, si bien qu'on pense en être exempt. Exploiter sans le vouloir, ça reste de l'exploitation.

Signe des temps : nos existences atrophiées, atomisées, ont pour structure l'orgueilleux récit selon lequel notre civilisation a pour socle une violence instinctive. C'est grâce à notre mentalité « tuer ou être tué » que nous sommes passés des cavernes aux gratte-ciel. L'homme chasse. L'homme fait la guerre. L'homme colonise. L'homme consomme, tout en se faisant le chantre de la démocratie. La compétition nous vient naturellement. La compétition génère le progrès.

Cependant, la nature humaine ne se définit-elle que par le clivage, le tribalisme, la méfiance forcenée que nous inspire l'« autre » ? Ou bien également par la coopération, la reconnaissance et, une fois les besoins fondamentaux comblés, une tolérance généralisée ? Quelle est ta nature, à toi ? Comment le savoir ? Peux-tu te fier à l'opinion que tu te forges de toi-même, ou dois-tu plutôt tenir compte des choses que tu as faites et que tu regrettes ? Et les gens avec qui tu partages ta vie ? Est-ce que tu prêtes réellement attention à la façon dont tu te comportes ? Pas à ce que tu ressens, non : à ce que tu fais concrètement ?

Et la façon dont se comportent ceux qui t'entourent, tu y es attentif ou ça te passe au-dessus ?

Et si notre civilisation s'était édifiée non pas sur nos qualités de chasseurs, mais sur des valeurs d'entraide ? Barbara Ehrenreich aborde ce sujet dans *Le Sacre de la guerre*, l'essai qu'elle a signé sur les origines des conflits armés. Selon elle, nos ancêtres ont réussi à survivre au cauchemar des bêtes sauvages, « quand l'effroi de finir dépecé et dévoré se tapissait dans les ténèbres autour du feu de camp ». Elle découvre que dans le monde entier, aux États-Unis comme au Japon – dont les cultures sont radicalement différentes –, des étudiants rapportent le même rêve où ils se voient finir entre les mâchoires d'un prédateur. Elle explique que l'humanité est tellement imbue d'elle-même que, longtemps, les archéologues qui mettaient au jour des squelettes mêlés à des ossements de fauves concluaient qu'ils avaient découvert des félins domestiqués, enterrés aux côtés de leur maître à des fins rituelles. Plutôt que de regarder la vérité en face : il s'agissait d'hominidés qui s'étaient fait avaler par des prédateurs. L'idée d'Ehrenreich, c'est que la croyance couramment admise dans la première moitié du XXe siècle, présentant la chasse comme « l'unique facteur régissant l'évolution humaine », a entretenu des normes domestiques patriarcales et entériné un statu quo abusif qui imposait aux femmes de rester enfermées et de s'occuper de la maison pendant que les hommes s'aventuraient dans le monde et rapportaient de quoi manger. Ce qui a engendré un certain fatalisme – les choses étaient ainsi et il ne servait à rien ne serait-ce que de rêver que ça change.

Du point de vue d'Ehrenreich quant à nos origines, les femmes ont dû jouer un rôle crucial dans la survie du groupe. Loin d'être reléguées à la sphère domestique, loin d'être le sexe faible, elles étaient sûrement d'une obstination et d'une force extrêmes, car la situation l'exigeait. Il fallait protéger les enfants en permanence tout en se déplaçant à travers des territoires hostiles. S'occuper de la cueillette, ne jamais baisser la garde et communiquer rapidement si elles voulaient rester en vie, se préparer à fuir ou repousser une bête sauvage.

Avant de devenir un prédateur, l'homme était une proie. Il a appris à unir ses forces non pour tuer, mais pour survivre, pour échapper aux animaux qui le traquaient.

Lors d'une étude conduite en 2014, des individus au profil psychologique stable ont reçu pour consigne de visionner des vidéos qui montraient des acteurs, des gens qu'ils ne connaissaient pas, les mains plongées dans de l'eau glacée. La réaction des cobayes à ces images s'est traduite par une baisse de température au niveau de leurs propres mains. Ce phénomène, appelé « contagion thermique », démontre que la physiologie occupe une fonction déterminante dans le cadre social : voir une personne à laquelle rien ne nous lie subir une expérience désagréable ou un choc déclenche en nous une réponse physique ; mon corps se refroidit quand je vois que tu as froid. Ce réflexe facilite « la compréhension émotionnelle et la cohésion sociale ».

L'homme est une créature empathique qui éprouve des émotions vis-à-vis d'autrui, et c'est sa grande réussite en tant qu'espèce. Il peut se flatter d'être capable de reconnaître les besoins de ses semblables, de prendre part à leur douleur et de s'identifier à eux sur les plans physique et affectif.

Une autre étude, publiée celle-là en 2017, a révélé que, au théâtre, les cœurs des spectateurs se synchronisent et battent à l'unisson. « Comme un seul cœur, le pouls accélérant et ralentissant au même rythme… La pièce de théâtre a été reçue si intensément par le public qu'elle en a effacé les différences et déclenché une expérience physiologique collective. »

Sous la surface, nous sommes tous connectés.

/

Se plonger dans l'histoire d'autres personnes, cela cultive l'empathie. Quand nous lisons ou écoutons un récit qui nous est raconté, pour peu qu'il comporte une certaine dose de suspense, notre cerveau libère du cortisol dans notre système sanguin, favorisant l'attention et la concentration, ainsi que de l'ocytocine, hormone associée à l'attachement et à l'empathie. Depuis la nuit des temps le théâtre et la musique nous proposent une grille de lecture qui nous permet de passer au crible nos valeurs morales, nos défauts mais aussi nos vertus. Prenez les tragédies antiques. On y voit un héros, qui s'enfonce dans un déni coupable et reste aveugle à ses failles, se brûler fatalement les ailes. Ou encore les vieilles chansons folkloriques, des sagas qui regorgent de trahisons, de personnages orgueilleux, de meurtres. Les fables grivoises, guère éloignées des feuilletons télé modernes. Toutes contiennent des leçons à tirer sur la façon la plus judicieuse d'aborder l'éternel problème – comment vivre sa vie ? – et nous invitent à faire preuve de compassion envers ceux qui traversent des épreuves dans lesquelles on se reconnaît. Les histoires et les chansons sont des passerelles qui nous mènent à notre nature profonde, bonne ou mauvaise, nous situent par rapport à l'expérience des autres et nourrissent notre bienveillance. Mais toutes ces créations ne sont d'aucune utilité si elles flottent dans le vide. Une histoire n'entretient pas l'empathie juste parce qu'elle a été imaginée ; elle doit établir une conversation avec d'autres pour agir ; afin de produire son plein effet, l'histoire doit être lue, la chanson écoutée.

/

Des mots jetés sur une page restent incomplets. Un poème, un roman ou un manifeste est achevé lorsqu'il s'ouvre à l'autre, lorsqu'il entame un dialogue. Connexion égale collaboration. Pour que les mots soient porteurs de sens, il faut qu'ils soient lus.

Soumis aux affres de la création qui enfante une œuvre écrite, l'auteur est seul pilote à bord. Il jette son filet sur une idée et tente de la ramener à lui. Mais, une fois l'œuvre mise au monde, elle ne lui appartient plus ; elle appartient désormais à celui qui la sélectionne sur l'étagère et la mène à son terme. Les intentions de l'écrivain vis-à-vis de sa propre production sont aussi hasardeuses que celles de parents quant aux choix de vie de leur progéniture. Comment prévoir leur trajectoire ? Après l'avoir conçu et accompagné jusqu'au seuil de l'âge adulte, le rôle qu'un parent joue dans l'avenir de son enfant est relégué à l'arrière-plan. L'enfant doit devenir qui il est, et ce sera un état transitoire parce qu'il se renouvellera à chaque rencontre.

Pour servir le pouvoir de cohésion du texte, il faut se transformer en corps conducteurs, au lieu de le remettre en question. Sans notre contribution essentielle de lecteurs ou d'auditeurs, le roman, l'histoire ou la chanson ne peuvent développer leur potentiel. Loin d'être des observateurs impartiaux, nous représentons un élément fondamental du circuit ; si nous ne sommes pas connectés, le flux électrique ne passera pas.

Ce circuit dessine un triangle. Afin que la connexion s'opère et qu'elle soit ressentie, trois bornes doivent être alimentées avec une intensité égale. Ces bornes, les trois pointes du triangle, sont l'écrivain, le texte et le lecteur. Cela vaut pour toutes les formes artistiques mais l'idée, c'est que le créateur, l'œuvre et la personne qui se charge de donner vie à cette œuvre doivent fonctionner de conserve, s'activer et transmettre assez d'énergie pour que l'ampoule s'allume, que la connexion ait lieu.

Si on donne à un roman, un poème, une image ou un album (ou encore une conversation, un échange avec quelqu'un) autant qu'on exige d'en recevoir, il y a plus de chances que les choses gagnent en profondeur. C'est ce qui se produit lorsqu'une œuvre entre directement en résonance avec notre expérience, lorsqu'on sent les mots se graver en nous. On a la sensation que le poète ou l'écrivain nous connaît. Le circuit rend possible cette connexion. Comme cette fois où j'ai découvert *Le Livre rouge* à Portland. Les mots précis nous échappent peut-être, mais on conserve une relation avec l'œuvre tout au long de notre vie. À mettre au compte de la qualité du texte, certainement, mais aussi de la qualité de notre lecture. C'est la connexion auteur/texte/lecteur, à un moment précis et dans une situation précise, débouchant sur une réaction émotionnelle précise, qui crée ce sentiment de profondeur.

Poète, artiste en tournée, j'ai à la fois composé et lu mes propres œuvres ; par ailleurs, en mémorisant mes poèmes et en les présentant chaque soir à un public, je les ai aussi, en un sens, incarnés. J'ai senti la connexion se produire et capoter à chaque étape du circuit.

Les Nouveaux Anciens était un poème long d'une heure et quart que j'ai récité sur des scènes de théâtre avec, pour m'accompagner, une batterie et des instruments électroniques, un violon, un violoncelle et un tuba. Son écriture m'a pris plusieurs mois, des semaines entières de créativité débridée et, une fois le poème publié et la tournée sur les rails, j'étais aux premières loges pour découvrir que Tempest en mode écriture ignorait de son œuvre bien des choses que Tempest en mode lecture découvrait chaque soir avec une acuité croissante. Des thèmes émergeaient sous mes yeux une fois le texte assimilé par mon corps et déclamé devant des salles combles. Des récurrences dans ma phraséologie qui m'avaient échappé au moment de les jeter sur la page. Des échos d'un personnage à l'autre. Des correspondances ont émergé qui m'ont aidée à creuser intuitivement le sens et à mémoriser le texte, parce qu'elles m'ont révélé les liens logiques entre tel et tel passage, mais je reconnais volontiers que ces liens ne m'avaient pas sauté aux yeux quand j'étais plongée dans l'écriture. Cela, je l'ai ensuite réalisé à chacune de mes tournées. Lorsque je lis mes propres productions, j'entame une démarche d'exploration dont mon côté écrivain·e se trouve exclu. Voilà pourquoi j'ai pris la décision d'enregistrer mon dernier album, *The Book of Traps and Lessons*, en une prise, de mémoire. Dans le but de me rapprocher au maximum de cette démarche.

Ce qui compte, ce ne sont pas uniquement les mots en eux-mêmes, mais les ponts que ces mots prononcés à la suite, sur le bon registre, jettent entre l'émotion et l'expérience. Entre la scène et le public, le lieu et l'humanité qu'il contient. Entre la journée que chaque personne dans la foule traînait avec elle et la soirée qui s'annonçait. Quand la connexion s'établit, tout est relié et converge vers un moment d'émotion partagée, vers une affinité créatrice qui arrime chaque personne à un présent vécu comme une expérience collective.

/

Quand je crée un personnage, j'ai toujours l'ambition de rendre palpables les frictions entre sa vie intérieure – échanges anodins, espoirs secrets, relations intimes – et sa vie au-dehors – l'inconcevable vastitude de l'environnement au sein duquel il évolue, et la réalité de ce qui est exigé de lui au jour le jour s'il veut s'en sortir. Mes personnages trouvent souvent plus simple de montrer du doigt les déviances de la société que de regarder en face ces mêmes déviances lorsqu'elles sont en eux. Leur cheminement consiste à faire la paix avec la façon dont ils fonctionnent. Presque tous sont résolus à accueillir un changement dans leur vie. Ils cherchent à déclencher un événement qui bouleversera leur existence ou leurs relations. Prenons Harry, qui se bat contre sa jalousie et ses doutes dans *Écoute la ville tomber*. Ou le « je » qui prend le récit à son compte, pressé d'apprendre comment s'affranchir de la codépendance en amour dans *The Book of Traps and Lessons*. Ou encore Bradley, qui aimerait savoir comment retrouver le goût des choses et se sentir vivant, dans *Let Them Eat Chaos*.

Le cercle familial et la situation personnelle ne sont pas les seuls facteurs qui influent sur nos critères moraux, notre comportement et nos décisions ; les récits qui dominent le monde dans sa globalité pèsent, eux aussi, sur nos choix ou sur nos désirs. Il suffit de prendre en compte les divergences entre notre génération et les précédentes quant à ce qui est jugé acceptable ou non – on a fait notre deuil de la stabilité de l'emploi, par exemple, et on voit la « célébrité » comme un métier viable, en soi et pour soi.

Les personnages que je dépeins dans mes récits sont nombreux à succomber à une apathie dévorante ; cette apathie se présente comme le tribut que l'on paie quand on essaie de gagner sa vie, de construire quelque chose. Ce qui ne les empêche pas de rester aveugles à leur propre comportement, entretenant par là même le caractère apparemment infaillible des tropes modernes. S'il nous est impossible de déceler la violence qui se tapit en nous, et *a fortiori* de l'extirper, comment espérer purger la culture dans son ensemble ?

Identifier et dénoncer la cruauté d'un patron qui exploite ses employés est assez facile. Identifier et dénoncer la même dynamique au sein de son foyer, c'est une autre paire de manches : dans le couple, l'un des deux prend-il sur lui une part disproportionnée des tâches ménagères ? Des soins que réclament les enfants ? Des factures à payer ? La cupidité, la malveillance, la vanité et la fourberie peuvent se manifester partout et chez tout le monde, elles s'exhibent à la télévision chaque soir sous les yeux effarés des téléspectateurs, mais qu'en est-il chez toi à la fin de ta journée, une fois la porte fermée, quand tu retrouves ceux que tu aimes ?

Killer Mike et El-P sont encore ceux qui le disent le mieux dans leur morceau « Lie, Cheat, Steal » : « Mens. Triche. Vole. Tue. Palpe. Palpe. Tout le monde le fait. »

/

C'est pénible d'intégrer de nouvelles habitudes. Les vieilles ne se laissent pas oublier comme ça. Je me surprends à me désintéresser des conversations, à n'écouter que d'une oreille quand d'autres parlent, ou à ressasser mes propres expériences alors que mon interlocuteur tente de décrire les siennes. Pas évident de les capter, ces travers, car lorsqu'on se déconnecte, la conscience de soi est l'une des premières fréquences qu'on met en sourdine. Dans ces moments-là, je me reconnecte à moi-même grâce à la créativité, même si cela exige un effort considérable : se brancher sur l'énergie créative permet de se rapprocher de soi-même alors qu'on a commencé à dériver ; qui dit rapprochement dit concentration et écoute améliorées, et qui dit concentration et écoute améliorées dit, par ricochet, connexion à sa nature profonde.

Une écolière, assise à son pupitre. Penchée sur son livre, les yeux fixés sur la page. Elle devrait être en train de prendre des notes, sauf qu'elle ne tient pas en place et n'arrive pas à aligner deux idées. Elle se met à pianoter sur le pupitre, tout doucement, jouant un staccato du bout des doigts, et elle se perd un court moment dans ce plaisir.

À l'arrêt du bus une femme, dans les soixante-dix ans, entonne un vieux cantique pour passer le temps. L'homme bien plus jeune qui attend à côté d'elle ferme les yeux afin de mieux s'abîmer dans l'écoute.

Un gamin traverse le parc au crépuscule, regardant les oiseaux qui rasent la cime des arbres.

Un groupe rejoue une scène de conflit dans le cadre d'un atelier de théâtre et discute de la tournure qu'auraient pu prendre les choses.

Est-ce que s'améliorer, ou s'impliquer davantage, dans la lecture d'un texte ou dans l'écoute d'une musique incite à s'améliorer ou s'impliquer davantage dans la lecture ou dans l'écoute des gens, du monde et de soi ?

J'en ai la conviction.

À moi, ça m'a été d'une aide immense. Même si je n'arrive toujours pas à analyser mon comportement à chaud. J'ai clairement progressé parce que, avant, je n'étais même pas capable de capter que je ne captais rien.

Voilà en gros comment ça se passe : tout ce qui me rappelle que, à chaque instant, d'autres personnes existent et se sentent vivre aussi pleinement que moi a son utilité. La musique et la littérature me plongent directement dans l'expérience d'une autre personne et m'arrachent à la mienne.

Kabîr dit : « L'amour ne naît pas avec des mots. » Si je dois m'investir, il faut que je le fasse par mes actes, pas uniquement en pensée. Me connecter délibérément, en tant que lecteur·rice investi·e, à l'histoire d'un tiers et en faire une pratique quotidienne, cela peut me donner l'échantillon d'un dialogue d'où sont bannis l'exploitation, la violence ou l'égoïsme. Cette habitude, hélas, ne peut se cultiver simplement par la lecture. À un moment je dois passer de la théorie à la pratique et me risquer dans le vaste monde, commencer à appliquer ce que j'ai appris à mes rencontres. Kabîr poursuit en ces termes : « L'amour dont je parle ne se trouve pas dans les livres. | Qui aspire à cet amour l'a dans sa main. » Si j'ai le désir sincère de vivre une expérience plus intense, je vais forcément la vivre. Elle est déjà à ma portée.

La prochaine fois que je m'apprêterai à porter un jugement lapidaire sur un inconnu qui m'insulte, pourquoi ne pas m'autoriser à le voir comme tel qu'il est, à savoir un être humain complexe et imparfait ? Pétri de chagrin, de douleur, d'ambition et de déception, cheminant sur une route accidentée et pavée d'échecs ? Et la prochaine fois que je m'apprêterai à porter un jugement lapidaire sur ceux qui me sont les plus proches et les plus chers parce qu'ils auront trouvé un moyen de me piquer au vif, serai-je capable de leur accorder la même indulgence ? Seront-ils les protagonistes de leur propre histoire, ou bien les figurants de la mienne ?

S'ÉCHAUFFER

> Malédiction tonifie ; bénédiction lénifie.
>
> WILLIAM BLAKE

Il y a quelque chose de rageant dans le fait d'écrire ces lignes durant le premier confinement de l'année 2020. Depuis le début de la pandémie, le « lien » – créer du lien, tisser du lien, réinventer le lien – est le grand mot à la mode, encore plus que par le passé, et il ne sert en fait qu'à pousser les gens à télécharger des applis de visioconférence. Bien ma veine d'avoir raté le train de la modernité. Regardez-moi ce boulet ! Qui bloque la route. Je suis là, à me tourner les pouces en attendant que mes idées circulent sans encombre au lieu de devoir se frayer un chemin dans les brèches laissées par le rouleau compresseur de « cette époque sans précédent ».

Sur Internet, il est impossible de faire l'expérience de ce revirement stupéfiant dont j'ai parlé au début de ce livre, l'effacement des inégalités entre les membres du public durant les représentations en live. Ce qu'Internet facilite, ce sont les échanges entre personnes ayant des atomes crochus, et c'est très important. Mais cela complique les choses pour ceux qui n'ont rien en commun et qui doivent rester sur leurs gardes lorsqu'ils entament un dialogue. Pour la petite histoire, quand j'étais enfant, tous mes amis étaient des garçons hétéros. Il m'a fallu accepter que mes meilleurs copains ne comprennent rien à certains éléments de mon parcours personnel, et concrètement j'ai réprimé des pans entiers de mon identité pour que ma vie reflète mieux leur expérience de jeunes mâles hétéros. Grâce à Internet, je peux entrer en contact avec des personnes qui ont vécu la même chose par rapport au genre et à la sexualité, et qui ont ouvert des espaces d'expression où mes questions trouvent des réponses, où ce que je vis est partagé et validé. Quel soulagement d'être sur la même longueur d'onde et de ne pas avoir à s'étendre sur ce qui nous sépare. Mais comme il devient essentiel de fonder des communautés alternatives, on en arrive au point où l'identité s'adosse à la différence. Des clans se développent par opposition à d'autres. De plus en plus, la sphère virtuelle permet de trouver ses marques et de se réaffirmer en tant que membre de telle ou telle tribu, avec un système de dogmes en commun et une défiance vis-à-vis des contradicteurs. Une étude publiée en 2015 dans la revue *Current Biology* a démontré que « L'aptitude à exprimer de l'empathie – à faire siennes et ressentir les émotions que ressent l'autre – est entravée par l'angoisse de se retrouver en présence d'inconnus ».

La simple perspective d'une meute hostile d'« autres » sur le versant opposé de la colline numérique – ces foules écumantes, éveillés contre endormis, jeunes rebelles à deux balles contre vieux réacs pleins de fiel, accros aux complots contre gobeurs d'infos mainstream, tous ces clanistes eux-contre-nous – a un impact négatif sur notre degré d'empathie. À la moindre menace qu'on perçoit, on perd en confiance et en ouverture d'esprit, on s'isole et on se cramponne de toutes nos forces aux valeurs qui nous enchaînent à la figure à laquelle on a prêté allégeance.

Nous devenons le canal de diffusion de nos convictions intimes, des idées que nous défendons, de nos détestations. Nous rabotons ce qui nous distingue des autres afin de nous fondre dans une conscience collective qui porte sur le monde un regard polarisé, droite dans ses bottes et hermétique aux nuances. Nous tirons gloire des réactions que cette attitude provoque dans le camp d'en face. Je suis la croix de saint Georges ou je suis ACAB, au choix. Ça ne te plaît pas ? Va te faire foutre. Je sais qui je suis. Je sais quelles valeurs j'incarne.

Carl Jung écrit dans *Présent et avenir* :

> On confond en général la connaissance de soi avec la connaissance de son moi conscient, que l'on tient pour sa personnalité. Quiconque dispose tant soit peu de conscience de son moi croit naturellement, avec la plus grande assurance, se connaître. Or, le moi ne connaît que ses propres contenus ; il ignore tout de l'inconscient et de ses teneurs. L'individu mesure en général la connaissance qu'il a de lui-même à la moyenne de connaissance de soi qu'il rencontre chez les êtres qui constituent son environnement social, et non aux données psychiques réelles qui pour la plus grande part lui sont cachées[1].

Voilà pourquoi la poésie est un instrument égalisateur. Elle parle à la réalité psychique, à sa dimension occulte.

Le regard de l'autre fait partie intégrante de la vie en société. On peut se convaincre que l'opinion d'un tiers ne nous fait ni chaud ni froid, mais si nous avons

1. C. G. Jung, *Présent et avenir*, publié sous la direction du Dr Roland Cahen et traduit de l'allemand par le même, avec la collaboration de René et Françoise Baumann, Buchet/Chastel, 1962.

développé un goût du ragot, c'est dans le but d'encourager certains traits de caractère et d'en prévenir d'autres. L'égoïsme posait un gros problème dans les temps préhistoriques : si un individu vidait les stocks de nourriture, toute la tribu crevait de faim. Ainsi, les commérages devinrent un stratagème visant à garder l'œil sur les comportements antisociaux. L'embarras qui accompagne la transgression des codes, le fait d'être « pointé du doigt » par les gens dont on veut se faire bien voir… ces sentiments ont été incorporés aux normes morales par les centaines de générations qui nous ont précédés.

Dans ces conditions, par quel moyen accéder à une meilleure connaissance de soi ? Comment atteindre ma nature profonde sous ce millefeuille d'opinions à mon sujet, celles qui me sont imposées ou que je m'impose à moi-même parce que je me soucie de ce que les autres pensent de moi ? Quelle image je veux donner de ma personne ? Qu'est-ce que je cache et ne veux révéler sous aucun prétexte ? Quelle différence, de toute façon, entre connaissance de soi et obsession nombriliste ? L'une encourage la soumission de l'ego, l'autre sa valorisation. La connaissance de soi se traduit par une connexion enrichissante avec ses semblables ; l'obsession nombriliste, par un dédain pour les besoins de son essence profonde et, par conséquent, un dédain des autres.

Il n'est guère aisé d'accéder à la conscience de ses propres besoins ni de poser des limites qui nous protègent de nos propres transgressions. La facilité, c'est penser que l'amour exige de nous qu'on se saigne aux quatre veines pour la personne aimée, qu'on relègue au second plan nos désirs pour donner priorité aux siens, qu'on se dépouille totalement dans l'espoir que ce sacrifice ne sera pas à sens unique. Les couples que nous montrent les agences de marketing et les films, les couples des pubs pour du parfum, le portrait fait à la télé des relations qui durent, tout cela véhicule des messages nocifs. Des messages qui s'insinuent dans ta tête au moment où tu t'y attends le moins. Tu as déjà remarqué que tu étais dans l'attente désespérée d'un sauveur ? Que ça te titillait de jouer au héros ? Que tu voulais être aimé au détriment du reste ? Que tu jouais les femmes fatales ? Le membre d'une famille épanouie ? Le beau gosse frondeur ? Le soûlard jaloux ? Que ça te démangeait furieusement qu'on te reconnaisse comme « l'élu » ? Ou de t'enfuir sur fond de soleil couchant avec ton nouvel amour, main dans la main, et de tourner le dos à tous ces connards ? C'est qui, ces gens ? Ils se croient où, pour jaillir de ces pubs de merde et s'inviter à la table de la cuisine, avec leur façon de dire bonjour qui déteint sur la nôtre ?

« Connais-toi toi-même », c'est la première des trois maximes inscrites au fronton du temple de Delphes. Shakespeare nous exhorte : « Sois loyal envers toi-même. » Les disciples de la déesse égyptienne Isis se croyaient capables d'entrer en contact avec le divin à travers l'accomplissement personnel, ils pensaient que la clef du royaume des cieux était la connaissance de soi. Les artistes légendaires de l'âge d'or du hip-hop, du Wu-Tang Clan à Brand Nubian en passant par Rakim et Gang Starr, mettaient sans cesse l'accent sur la découverte de soi dans leurs morceaux, puisant leur inspiration dans les préceptes théologiques de la Five Percent Nation, organisation fondée à Harlem sous l'impulsion d'un ancien membre de la Nation of Islam dont l'enseignement s'appuie avant tout sur l'importance fondamentale du développement des consciences. Pourtant, alors qu'on est à l'ère du moi, l'accès au divin nous est barré, que ce soit à l'échelle individuelle ou en tant que civilisation. Dans le commerce à l'heure actuelle, on trouve entre autres des écrins pour bague de fiançailles qui font aussi office de coque de téléphone portable – comme ça, au moment de ta demande en mariage, la caméra de l'appareil s'active et filme la réaction de ton ou ta partenaire, une aubaine pour qui veut partager ce « moment précieux » sur les réseaux sociaux. Est-ce qu'on a interprété de travers la sagesse des Anciens ? Comment expliquer qu'en cette période où l'on met sa personne au centre de tout, en bien comme en mal, où l'on ne jure que par le progrès personnel, la connaissance de soi ne nous ait pas ouvert les portes du royaume céleste ?

/

Quand la vie n'est rien d'autre qu'une course après le statut social et quand ce statut se mesure au nombre de zéros sur son compte en banque, on évalue notre réussite en fonction des possessions matérielles qu'on accumule ou des cases qu'on peut cocher dans la liste de nos objectifs à atteindre. Ce système de croyances est pernicieux et, même si on a l'impression de ne pas y souscrire, il est nécessaire de scruter nos intentions pour repérer ses effets dans ce qui nous anime au plus profond. Qu'est-ce qui nous pousse à monter sur scène ? À nous adonner à nos passions ? À aller à la salle de sport, dans les bars, chez les bookmakers ? À désirer cette personne et pas une autre ? Et comment expliquer cette capacité que nous avons à nous convaincre de deux vérités contradictoires ? À vivre nos fantasmes en secret ? Pourquoi vouloir absolument des fringues neuves, des bijoux hors de prix, un corps différent ? Pourquoi mettre de côté des sous qui serviront un jour à verser un acompte sur une maison à soi, s'offrir un bicross, une BMW ou un tatouage sur la figure ? Qu'est-ce qui rend ces choix-là légitimes à nos yeux ? L'esprit cartésien sait que la valeur d'un individu ne se mesure pas aux compétences qu'il démontre pour jouer à ce jeu inventé de toutes pièces, dans lequel il est projeté à la naissance. Sauf que celui qui ne maîtrise pas le jeu n'est pas au niveau. C'est un loser, un déclassé qu'on relègue au barreau le plus bas d'une échelle suspendue dans le vide. En prime, il fait un excellent marchepied pour ceux qui profitent encore de l'ascenseur social. Et durant cette ascension, on commence à se convaincre qu'on mérite d'être premier de cordée. Dans chaque jeu, il y a des perdants, c'est un fait avéré. On oublie assez commodément que la vie n'est tendre avec personne et que les cartes sont truquées de toute façon.

On se met en quatre pour gagner le respect des autres. Gamin, ado, et ça continue à l'âge adulte. On se retrouve paralysé par le doute quand quelqu'un nous donne tort.

On veut faire nos preuves. Au lieu de tourner le regard vers nous-mêmes et d'affronter le vide qu'on y voit, on se projette au-dehors, on se pare des derniers colifichets à la mode ou de ce qui nous aide à passer la nuit, peu importe de quoi il s'agit. Pour ma part, je me suis engagée sur le chemin de la créativité parce que j'avais besoin d'être reconnue, respectée par mes pairs. Ensuite il m'a fallu un contrat dans une maison de disques. Puis de l'argent – j'ai voulu vivre de mon art. Et, enfin, la consécration – j'ai voulu qu'on m'acclame. Pourquoi ? Quel intérêt je trouve à être plantée là avec ma vérité ? Et où est-ce que ça me mène, si ma propre compagnie m'est intolérable, si je reste mal dans mes baskets, si je suis aveugle à ma beauté et si je sombre dans l'autodestruction ?

Mes personnages, eux, sont aimantés par le désespoir. Par les abîmes insondés qui poussent certains à commettre des actes irréparables. C'est pour cela que les gens sont capables de semer la terreur au nom du profit. Qu'ils s'embourbent dans une existence insupportable. Qu'ils arrivent à cacher leurs aventures extraconjugales pendant des années sans en paraître autrement affectés. Quand quelqu'un refuse de regarder en face toutes les subtilités de sa vie intérieure, il lui est beaucoup plus facile d'escamoter ce qui l'indispose. Et il l'intègre à la lecture qu'il fait des autres. Cela nous insupporte que les gens se montrent dans toute leur complexité et sous leurs multiples facettes. On préfère les ranger dans des cases, leur coller arbitrairement une étiquette en fonction de ce qui *nous* relie à *eux*.

Si tu te laisses définir par la validation des autres, tu n'auras d'autre choix que d'en faire de même quand ils te désavoueront. Si leur opinion influence la tienne, si c'est leur approbation que tu recherches, si le but de ton ascension, c'est de te hisser au-dessus de ce qui te bloque, une connexion créative profonde saura te rappeler que rien de tout cela ne te caractérise, qu'à bien y réfléchir, rien de tout cela n'a d'importance. Si tes convictions s'effritent dès que cette validation t'est refusée, ce ne sont pas vraiment des convictions, c'est une posture. Et ta posture se délitera à la première mise en question.

Autrefois simples concepts, l'approbation et la désapprobation sont à présent des tendances manifestes qu'on peut observer sur les réseaux, où tout ce qu'on poste déclenche une réaction. Paradoxalement, estimer sa note globale n'a rien de compliqué : qu'est-ce que je vaux en tant qu'être humain ? Les commentaires et les « like » vont répondre à ma question.

Comment me fier à la perspective des autres si j'ignore moi-même où je me situe ? Certes, si mes propos remportent l'adhésion générale, j'ai moins de mal à me persuader que ma parole a de la valeur. Mais à partir du moment où cette adhésion se tarit, où est-ce que je me retrouve ? Comment juger si ma parole a subi une décote ? Je dois retirer mes œillères si je veux comprendre ce qui me motive. Le regard des autres ne me définit pas. Je suis né faillible et faillible je resterai jusqu'à ma mort, comme tout le monde, quel que soit mon parcours.

Le souci, c'est que j'ai navigué dans la vie au gré de l'orientation des autres. Pendant ce temps, ma boussole créative rouillait gentiment et, maintenant que j'en ai désespérément besoin, elle ne fonctionne plus et je suis perdu.

Il faut que je découvre qui je suis en dehors de ce que je produis, parce que mon identité n'a rien à voir avec mon potentiel créatif, mes échecs ou mes succès. On connaît tous des revers. La vie elle-même peut être qualifiée d'échec : c'est toujours la mort qu'on trouve au bout du chemin. Cela n'affaiblit pas l'intensité de l'expérience. L'importance que j'accorde à ce que je produis en tant qu'artiste, à l'argent que je peux en tirer, à la contribution que j'apporte, c'est l'empreinte du système actuel qui m'impose sa mentalité – produire et posséder – et me maintient dans l'asservissement au travail, car travailler me permet de consommer, et consommer me donne une certaine valeur. Si je suis en mesure de produire des biens et des services qui seront exploités en vue d'en tirer un profit maximal, j'ai beaucoup de valeur. Si je ne suis pas en mesure de produire cela, donc de générer un joli profit, je n'ai aucune valeur dans le système actuel. Si je suis mère au foyer, je travaille du matin au soir sans bouger de chez moi pour entretenir ma maison et veiller sur mes enfants. Les heures que j'y consacre sont longues et épuisantes, mais je ne suis pas payée, donc on ne peut pas tirer profit de mon labeur, ce qui fait qu'il n'a pas la moindre valeur aux yeux de la société. En revanche, si dans le même foyer c'est moi qui fais bouillir la marmite, si c'est moi qui me lève le matin pour aller au turbin, mon expérience compte parce que je gagne de l'argent me permettant de consommer ; c'est ce qui fait de moi quelqu'un d'important ; mes désirs sont stimulés afin d'être comblés, contentés. Si je suis « sans profession », si mes revenus sont modestes, je vois mes besoins rétrogradés par rapport à ceux qui touchent un salaire donnant un certain pouvoir d'achat et qui n'ont pas peur de le claquer en plaisirs superflus.

Peut-être que je ne ménage pas mes efforts pour entretenir des relations équilibrées, peut-être que je prends un soin maniaque de ma personne, que j'offre une épaule compatissante à mes amis tout en appréciant leur compagnie et que j'aime profondément les gens, que je m'implique dans des mouvements écologistes, que je pratique les arts martiaux ou que je fais du bénévolat pour une association de quartier, peut-être que je suis un phytothérapeute émérite, que je sais agencer mon intérieur comme personne ou que je suis de bon conseil pour les gens que j'aime – mais tant qu'on ne me paie pas, mes compétences ne valent pas un clou, ce qui ne peut se vendre ne pouvant s'acheter.

Quand j'ai réussi à faire de la poésie un job à plein temps, je me rappelle l'intense satisfaction que je ressentais en répondant aux gens qui me demandaient ma profession : « J'écris. » À quoi ils répliquaient invariablement : « Oui, d'accord, mais on vous paie pour écrire ? » Et je pouvais enfin dire : « Oui, on me paie ! Je gagne ma vie en composant des poèmes. » Le ton de la conversation changeait aussitôt et, étonnamment, c'était un vrai régal. Soudain, ça donnait : « Oh, je vois ! Vous êtes une "vraie" artiste. Vous gagnez votre vie comme ça ! Vous n'êtes pas un dilettante qui fait ça "par passion". » Le truc, c'est que j'étais poète bien avant d'oser me considérer comme tel. J'étais poète bien avant de pouvoir payer mon loyer grâce à mon art. Mais à partir du moment où j'ai pu dire aux autres que, oui, c'est mon métier et j'en vis, je me suis sentie légitime. Parce que je me jugeais d'après les critères de cette époque, qui se préoccupe seulement de deux choses : l'« utilité » et la « valeur ». Au lieu de communiquer avec l'esprit des profondeurs, qui souhaite que je « retrouve mon âme », ou que je corrige les réglages de ma boussole créative.

Très bien, mais comment faire ?

D'abord en prenant conscience que rien ne nous oblige à nous mettre la pression en nous fiant à l'opinion des autres sur ce qu'on produit. Et, plus important encore, rien ne nous oblige à nous mettre la pression en comparant nos succès avec ceux des autres.

La poésie est un milieu qui grouille de snobs. En même temps il est relativement ouvert et en constante mutation. On s'imagine souvent – à tort – que la caste « de l'écrit » est ultra-sélect et que celle « de la scène » est plus ouvert ; d'après mon expérience, les grands poètes, quel que soit leur mode d'expression, sont en règle générale des esprits généreux et tournés vers leurs semblables tandis que les médiocres ont tendance à se donner des airs, à prendre les autres de haut – et ils font une fixette sur les défauts de ce que produisent les autres. Un poète médiocre n'a aucun scrupule à se forger un style par opposition à l'absence de plume ou de talent d'un pair, sans se rendre compte que chez lui aussi, niveau plume et talent, c'est le désert. Savoir se remettre en question, c'est la marque d'un auteur qui est un cran au-dessus.

Il est tentant de définir son talent par rapport à celui d'un autre, mais tu n'es en concurrence qu'avec toi-même. Il s'agit d'essayer de s'améliorer chaque jour un peu plus en écriture (ou en amour, en amitié, dans la vie en général). Améliorer quelqu'un d'autre, ça n'a aucun intérêt. Mais comment être sûr d'avoir progressé ? Comment savoir si tu es devenu meilleur dans ta partie, si tu « vaux quelque chose », quand tu te passes du baromètre de l'adhésion, de la validation ou de la reconnaissance sociale ?

La boussole créative correspond à l'instinct qui t'a attiré dans ta discipline de prédilection ; quand tu es en phase avec elle, elle te dit tout ce que tu as besoin de savoir sur tes progrès, sur ton évolution. Elle te sert de gouvernail quand il faut prendre des décisions difficiles et t'aide à distinguer une authentique pulsion créatrice d'une envie motivée par le besoin d'être applaudi. Il arrive que cette boussole, un amour-propre blessé ou un ego fragilisé déclenchent la même sensation. Ces trois-là exigent que tu montres de quoi tu es capable. Comment savoir, sur le moment, lequel te pique avec son aiguillon ? Comment « retrouver son âme » ? L'erreur est une forme d'apprentissage. Après avoir parcouru des kilomètres sur la mauvaise route et débouché dans une impasse créative, tu découvres ce qu'on ressent quand on agit sans réfléchir ; ça te servira de leçon. Cette méthode d'apprentissage est capitale. Il y aura des ratages, forcément. Tu vas te planter. Tu vas t'apercevoir que ce que tu fais est inabouti. C'est comme ça qu'on apprend à explorer ses pulsions, à creuser jusqu'aux racines. Par un processus de réanimation sensorielle. La mise en place d'une nouvelle palette émotionnelle. Ou la réactualisation d'une ancienne tombée dans l'oubli. Il n'y a rien de honteux à écrire pour obtenir la bénédiction de ses pairs. Rien de honteux à vouloir percer dans la chanson parce qu'on trouve que chanter, c'est cool. Ce qui pose problème, c'est se sentir obligé de produire quelque chose alors qu'on n'a pas réussi à déterminer quoi faire de sa créativité.

Citons Bukowski : « Pour toi | pas pour la gloire | ni pour le blé | cent fois remets l'ouvrage sur le billot. »

On aurait tort de croire que, quand on ignore tout du contexte d'une œuvre qui est encensée, on en est automatiquement exclu. Qu'il s'agisse de culture populaire ou élitiste. Si un rappeur que tu écoutes sur YouTube t'atteint en plein cœur, tu n'as pas à en rougir. Tu n'as pas à t'en justifier dans les cercles littéraires. *Idem* si tu apprécies un poète classique. Non, pas besoin d'aborder les œuvres portées aux nues avec dévotion. Le gisement d'influences dans lequel tu puises ne doit pas avoir reçu le blanc-seing d'une académie ou d'une institution, ni être garrotté par les paramètres d'un genre, d'un sous-genre ou d'un « mouvement ». Écoute de tout. Lis autant que possible. Essaie de rester pleinement présent, pleinement impliqué, dans l'activité qui exige ton attention. Même si elle ne te passionne pas. Demande-toi pourquoi, d'ailleurs. Quels choix te posent problème ? Qu'est-ce qui ne te plaît pas dans la façon dont la batterie a été enregistrée ? Qu'est-ce qui ne te plaît pas dans les changements de perspective d'un chapitre à l'autre ? Tu veux être écrivain, alors lis des écrivains. Des contemporains, imparfaits, qui suscitent ton envie et ton dédain, pas seulement tes héros disparus. Pareil pour la musique. Pareil pour absolument tout. Tu te demandes comment vivre, ou ne pas vivre, et tu veux des exemples ? Cherche-les. On en trouve partout.

L'écriture ne connaît pas le succès. Elle ne connaît que l'échec, à des degrés divers. Écrire, c'est échouer. Il n'y a rien à retoucher dans une idée. Elle parvient à l'écrivain au détour d'un rêve fébrile et l'écrivain la retient dans son esprit, dans son corps ; elle se nourrit de tout. L'auteur a consacré une vie entière à affûter ses compétences en prévision de cet instant, pour extraire cette idée impalpable, pour qu'elle se diffuse jusqu'à ses mains jadis stériles et jaillisse sur la page. Mais le résultat ne sera jamais parfait. Lorsqu'il se collette avec une idée, l'écrivain l'abîme forcément un peu. Elle ne dure pas éternellement, et quand l'échéance ne peut être repoussée plus longtemps, l'écrivain à bout de course a appris une nouvelle leçon sur ses propres limites qu'il se promet de dépasser la fois d'après. Et lorsque la fois d'après arrive, il se retrouve face à de nouvelles limites, de nouveaux obstacles, de nouvelles embûches.

« Mettre le point final », cela donne à l'artiste l'humilité nécessaire pour repartir d'une page blanche. Des idées, beaucoup, beaucoup de gens en ont. Mais aller jusqu'au bout d'une idée, avec ce que ça implique de souffrance, et se rendre compte qu'on n'est pas outillé comme il faut malgré une conviction en béton armé, une créativité débridée, une technique constamment affûtée et un talent inné, c'est échouer *quand même*. Tu y as mis tes tripes. C'est sorti de toi, tu as fait un pas supplémentaire vers ta raison d'être. La prochaine fois, peut-être que tu te débrouilleras mieux. Ou peut-être qu'il n'y aura pas de prochaine fois.

C'est la triste réalité de la vie d'artiste, et c'est pour cela que le bon artiste a droit à la déférence et à la considération du public. Malgré la volonté qui le dévore de l'intérieur, la conviction d'avoir quelque chose d'essentiel à dire, malgré cela, malgré la noble flamme de la création qui se consume en lui, il est condamné à l'échec. Il persévère en dépit des ratés et puise une fierté muette dans le fait qu'il s'acharne à échouer et que, avec un peu de chance, pour reprendre la formule de Samuel Beckett, il échoue mieux.

Ce qui distingue un artiste de celui qui rêve d'en être un, c'est l'œuvre achevée. La personne qui déborde d'idées géniales et qui juge ce que les autres produisent à l'aune de ce qu'elle-même se croit capable de produire, alors qu'elle n'a jamais mené un projet de A à Z : voilà le leurre du travail artistique. Tout le monde est certain que c'est à sa portée, tout le monde sauf ceux qui mettent les mains dans le cambouis, qui savent que c'est pour eux une nécessité absolue et qui, pourtant, ressortent à chaque fois plus convaincus de leur impuissance.

Ici prennent tout leur sens les vers brillantissimes de Czesław Miłosz : « J'ai tu ce que j'aurais dû dire. | J'ai distillé brume et chaos. »

SE LANCER

> Celui-là seul connaît la suffisance,
> qui d'abord a connu l'excès.
>
> WILLIAM BLAKE

Monter sur scène, ça peut être une expérience solennelle. À l'instant où je quitte les coulisses et que je la vois devant moi, je n'entends plus rien, la frénésie me gagne, je me contracte et je deviens ultra-conscient·e du sang qui circule dans mes veines, de l'oxygène dans mes poumons. L'énergie se concentre au creux de mes paumes, rayonne à partir du plexus solaire. J'agite les bras pour les empêcher de s'engourdir. Je respire à fond et laisse échapper un long son qui fait vibrer ma gorge et mes lèvres, mais je suis dans un état second. Cela prend fin quand j'empoigne le micro fixé sur son pied, que je l'approche de ma bouche et que je me lance.

Au tout début, monter sur scène me procurait de la joie, de la clarté mentale, et me donnait la force de m'assumer, ce qui est toujours le cas. À la longue, j'ai fini par comprendre à quel point la scène, c'est sérieux. Me tenir debout dans une immense salle, livrer un pan de ma vérité à des gens que je ne connais pas et qui, eux, ont l'impression de me connaître et attendent beaucoup de cette représentation après avoir acheté un billet, organisé la garde des enfants, posé leur soirée au travail, traversé le quartier, la ville ou le pays pour venir ; ou qui n'en attendent pas grand-chose, parce qu'ils ont été traînés par leur moitié ou par des amis, que ça ne les branche pas vraiment d'être là et qu'ils ne savent pas ce qu'ils vont voir ; il y a aussi les attentes en suspens des critiques, des journalistes et des blogueurs dont le job est de rester à distance, pas de participer. Toute cette énergie, je la perçois quand je monte sur scène. Aller chaque soir à la rencontre du public peut être une aventure formidable. Parfois j'ai l'impression de me battre contre un monstre géant qui me glisse entre les doigts, d'autres fois de libérer un oiseau captif de ma poitrine et de le regarder s'envoler dans la lumière. Pas moyen de savoir à l'avance si j'aurai affaire au monstre ou à l'oiseau.

À vingt ans je donnais trois ou quatre représentations par soir, trois ou quatre soirs par semaine, et j'avais pris l'habitude de recharger mes batteries là où c'était possible. Je me souviens d'un concert qu'on a donné, avec mes musiciens Archie Marsh et Ferry Lawrenson, dans le cadre d'un festival indépendant ; on s'était posés sur un canapé à l'arrière de la scène en attendant notre tour, et je me suis endormie. L'artiste qui passait avant nous a annoncés, Archie et Ferry m'ont secouée, « Allez viens, c'est à nous », j'ai ouvert les yeux et c'était parti. J'ai attrapé ma bière et j'ai assuré, pas de souci. La scène était une extension du canapé. Pas besoin de préparation, ça me venait naturellement. J'étais capable de le faire en dormant, sans exagérer. Il m'arrivait souvent de descendre de scène, de traverser le public et de courir jusqu'au métro qui m'emmenait à l'autre bout de la ville et à la salle suivante. À l'arrivée je me plaçais à l'avant de la file d'attente, je me frayais un passage jusqu'à la scène, je m'envoyais un ou deux verres et je reprenais le micro. Plus d'une fois le matos a lâché, ou il y a eu un souci technique ; je devais improviser avec les moyens du bord. J'ai endossé le costume de Tempest, la fille sympa et coriace qui en avait vu d'autres, et ce personnage m'a aidée à gérer les galères. Il m'allait comme un gant : à l'époque je l'incarnais aussi en dehors de la scène. Le souci, c'est que j'étais toujours sur scène. Chaque jour j'avais pour idée fixe de livrer mes mots à quiconque acceptait de m'écouter, et cette idée dévorait tout. Elle engloutissait mon existence.

/

Si les esprits anxieux ont raison – ceux qui prétendent que le monde entier est un théâtre livré aux exhibitionnistes depuis l'avènement des réseaux sociaux et les progrès technologiques qui mettent l'univers au bout de nos doigts – comment s'y préparer ? On allume son téléphone le matin, et voilà. On est en représentation. À tout moment de la journée, si on avise quelque chose de beau, de drôle, de pertinent par rapport à notre identité virtuelle, on le prend en photo, on l'édite, on le poste en ligne. Ce qu'on pense, ce qu'on ressent, ce qu'on voit, ce qu'on imagine, ce qu'on vit alimente le prochain tweet au vitriol, la profession de foi politique, le cliché glamour ou le mème caustique ; chaque moment a une saveur d'inachevé tant qu'il n'a pas été immortalisé sous forme digitale, s'il n'est pas transformé en contenu qu'on fait défiler, et ce contenu s'offre à tous sur nos différents profils, comme sur une scène.

Pourtant, j'ai appris que la scène n'est pas à prendre à la légère. C'est un art empreint de gravité, qui implique l'esprit autant que le corps, les profondeurs intimes autant que l'époque, pour lequel l'artiste doit se préparer avec un soin porté à chaque détail. Même s'il se sent au bout du rouleau ; méditation, étirements, consommation de certaines boissons et de certains aliments à certaines heures, installation du matériel de concert, balances, réglages entre musiciens et ingés son. Comment espérer conserver le même niveau d'énergie si on monte sur scène sans temps de préparation, ni de récupération ? Sans avoir vraiment conscience de ce qui se passe ? Pas d'intimité après coup. Pas de loges au calme pour se poser et se recentrer. Pas de « vrai » soi auquel se raccrocher. Tu reçois en accéléré toutes les émotions dérivées de la reconnaissance et de l'adhésion du public, de l'estime de soi, mais aucune de celles qui touchent un registre plus profond, l'intention, le détachement total de l'ego, la vague créatrice qui te traverse de part en part, le lâcher-prise, l'altruisme, la réciprocité.

À peu près à l'époque où je m'endormais dans les coulisses et courais de concert en concert quatre soirs par semaine, j'ai retenu une leçon sur les limites que l'on s'impose : j'ai découvert que je n'en avais aucune. Je carburais à l'ambition. Je voulais réussir coûte que coûte. Vivre autre chose. Pas question de bosser dans une école ou à la caisse d'une supérette, ni de regarder d'autres artistes rap se produire à la télé. J'étais envieuse, bouffie d'une prétention hérissée d'épines et catastrophée, je l'avoue, de ne pas avoir encore trouvé ma place. Impliquée dans un milieu qui ne m'emballait pas. Je voulais faire de la musique mais je m'étais enferrée dans le *spoken word* parce que j'avais un loyer à payer et, pour ne rien cacher, je me sentais mal à l'aise là-dedans. Bon, j'ai passé pas mal de soirées mémorables et, grâce au *spoken word*, j'ai rencontré beaucoup de poètes qui sont devenus de vrais amis et dont je me suis inspirée dans mon travail, mais il me semble important d'être parfaitement sincère parce que ce malaise, en un sens, explique en partie l'énergie que je dégageais quand j'arrivais quelque part : j'étais imbue de moi-même. Je manquais de modestie. Je déboulais, je faisais mon truc, je partais. Et je recommençais à l'endroit d'après – je faisais mon truc, j'empochais le cachet. Ciao la compagnie. Tout le temps bourrée. Pas de démarcation scène/coulisses. Chaque rassemblement était un public potentiel : des gamins à un arrêt de bus ou devant un fast-food ; des teufeurs qui faisaient la queue à l'entrée d'une rave ; n'importe qui, n'importe où. Je portais un regard égoïste sur le monde. J'exploitais chaque situation pour mon profit personnel. Je ne voyais que par un seul prisme : comment trouver un public, comment l'élargir ? Tuer ou être tuée, c'était mon mode de pensée. Victime des poncifs de l'époque. Sans passer mes désirs au crible, au contraire : en les laissant prendre les commandes. Comme l'a expliqué saint Augustin : « Je n'étais plus que pourriture à vos yeux, alors que je me plaisais à moi-même et désirais plaire aux yeux des hommes. »

Je me suis laissé porter par le courant et je me suis pris une bonne claque : j'ai développé sur mes cordes vocales des nodules – des sortes de cloques qui les empêchent de se serrer et qui réduisent les capacités de modulation de fréquence de la voix. J'étais pratiquement aphone, incapable de sortir de ma gorge des octaves entières. Je croyais que j'avais la voix naturellement éraillée, qu'il n'y avait pas de quoi s'inquiéter : mon timbre voilé témoignait du rythme intenable que j'avais à l'époque, les nuits blanches, l'alcool qui coulait à flots, la drogue et les heures passées à rapper, souvent sans micro dans des salles bruyantes. Ou quand je chantais en pleine rue avec un ampli faiblard et un câble de micro effiloché ; braillant pour me faire entendre par-dessus la foule ou la sono. Mais ç'a empiré, au point que je suis devenue muette. J'ai vu un médecin, le médecin m'a dit de consulter un ORL.

L'ORL m'a enfoncé une caméra au fond de la gorge et montré les nodules. Soudain j'ai eu sous les yeux la raison de mon silence brutal, et ç'a m'a terrifiée. Ma voix n'était pas uniquement mon gagne-pain, c'était aussi l'instrument qui me permettait de m'affirmer en public. Mon sésame. Je la voyais à l'époque comme la seule chose en moi qui validait mon existence, mon identité même – gouine, grosse, hommasse, ni femme ni mec, pétrie d'angoisse et de honte, d'une timidité maladive et, en même temps, tirant la couverture à moi en public ou en présence de gens que je ne connaissais pas. Mon flow et les paroles que j'écrivais me libéraient de la prison qu'était mon corps et des émotions, des réactions que cette prison éveillait en moi. Ma voix m'assurait un accès à l'existence. Et je l'avais perdue. Rien ne garantissait qu'elle revienne après l'opération. Et si elle revenait, rien ne garantissait que ce soit ma voix d'avant. On a maintenu ma bouche ouverte avec un appareillage orthodontique et on m'a mise sous anesthésie générale.

J'ai été contrainte au silence. Contrainte de choisir mes mots avec soin, de coucher par écrit tout ce que je voulais dire. J'ai appris à rester assise et à écouter mes amis et ma famille sans essayer de penser aux trucs marrants ou intéressants que je pouvais apporter à la conversation ; j'ai appris à laisser les autres parler. À écouter quelqu'un jusqu'à ce qu'il arrive au bout de sa pensée et au-delà, jusqu'à ce qu'il se révèle à moi d'une façon inédite. Les esprits sages, plus sages que moi, ont ce qu'il faut d'oreille et d'assurance pour avoir spontanément cette qualité d'écoute mais moi, de toute évidence, j'avais besoin d'une leçon d'humilité. Et l'univers s'en est chargé.

L'opération impose trois semaines de repos vocal complet, condition nécessaire à une cicatrisation optimale. Repos complet, cela signifie interdiction formelle de tousser, d'éternuer ou de souffler un peu fort. Aucun *son* ne doit sortir de ta bouche. J'étais réduite à mon enveloppe physique. Après une vie passée à fuir mon corps, à tout faire pour ne pas me résumer à lui, à lui trouver des excuses, à tenter de l'abolir par la parole parce que ce n'était pas le bon corps et qu'il ne ressemblait pas à celui des autres, j'étais plus incarnée que jamais.

J'ai appris que la scène, quand on n'a pas le moyen de la quitter, ça abîme. Ce n'est pas une démarche anodine, de s'exposer de cette manière. Qu'est-ce qui m'a poussée là ? Je veux quoi, au juste ? Qu'est-ce que j'essaie d'atteindre ? Ce ne sont pas des questions en l'air, elles méritent une réponse. À l'époque je ne savais rien faire d'autre. Je n'ai pas pris le recul qu'il fallait pour me pencher sur le problème. Je voulais juste qu'on m'entende. J'avais besoin de monter sur scène, c'est tout. Mais pourquoi ? Quels sont les ressorts qui m'ont amenée sur cette voie ? L'art dans ce qu'il a d'authentique ? Une créativité qui puise loin en soi ? Non. Rien de tout ça. Voilà comment les choses ont démarré : à seize ans, j'étais paumée et j'avais besoin qu'on m'oriente – j'ai découvert ma passion et cette passion m'a permis de vivre des expériences magnifiques. Mais, quelque part, elle a fini par me couper du reste. À vivre chaque rencontre, chaque soirée, l'une après l'autre, via le rap, j'ai laissé le rap définir celle que je pensais être. Je rappe, je compose, j'écris des poèmes. J'ai les mots de mon côté, ils me permettent d'être qui je suis. Sans eux je n'étais rien. J'appartenais à l'époque, pas aux profondeurs. J'étais créative. Sans être connectée.

/

La scène squatte ma tête. Je ne peux pas m'empêcher de comparer tout ce que je vis à l'expérience de la scène, de la musique live. Je souffre de dépression, d'angoisse, de crises de panique. Parfois les activités les plus banales du quotidien me dépassent. Les jours de cafard, sortir de chez moi pour acheter à manger est au-dessus de mes forces. Tout comme bouger du canapé pour me brosser les dents avant d'aller au lit. Je suis incapable de me coucher. De me lever le matin. De mettre le nez dehors, parce que j'ai peur que les voisins me voient. Je ne veux pas qu'on me voie. Mais si je reste enfermé·e j'étouffe, ou je sombre encore plus bas. Je suis très bien entouré·e, j'ai un réseau solide de gens que j'aime, mais je n'appelle personne parce que je ne peux pas parler.

Il y a quelques mois, sans raison, j'ai eu quatre crises de panique en l'espace d'une journée. Ça peut miner la santé.

Je me dis : *Allez, tu sais que tu peux faire* ci, *vu que tu as déjà fait* ça. Le souci, c'est que *ci* n'a rien à voir avec *ça*. Ce n'est pas parce que je suis capable de réciter des poèmes devant des spectateurs bourrés que je vais arriver à être à l'aise en compagnie de gens que je viens juste de rencontrer, ou prendre le métro alors que mon cerveau déconne, ou encore trouver la motivation nécessaire pour me préparer à manger.

Par moments, quand le calme revient, quand je me sens bien et m'occupe à des trucs de tous les jours – le ménage, promener le chien, mater des séries policières à la télé –, ça me revient, une image fulgurante : moi sur scène, avec la foule, un plafond voûté dans une salle immense, les applaudissements qui déferlent à la fin, le public qui salue le point culminant du concert avec son propre vacarme, le sang qui sprinte dans les veines quand on sait qu'on touche au but. La joie de l'équipe, dans le bus de tournée, en route vers la ville suivante, parce qu'on a assuré ce soir. Le souci, c'est que comparer un moment qui semble irréel à un autre moment qui l'est encore plus ne m'aide pas à m'arrimer fermement à l'instant présent. Je ne peux pas établir de connexion en me remémorant un événement passé où j'en avais établi une, ou en imaginant un moment futur. Il faut que je me réconcilie avec la phase que je traverse. Parfois c'est une phase extrêmement pénible, mais moins pénible qu'essayer désespérément de se convaincre que tout va bien, alors que tout part à vau-l'eau.

La cavalcade des tournées, la bousculade d'une pièce qu'on écrit et qu'on voit prendre vie sur les planches, tout cela s'efface à la lumière de ce qui m'attend au présent : me bagarrer avec une date butoir, mettre en forme un texte alambiqué, attendre que survienne l'étincelle. La scène squatte ma tête, et pourtant… en dehors des moments où je me produis, impossible de dire si ça s'est passé en vrai.

/

Lorsque je parle de scène, je fais allusion à la scène en tant qu'espace physique, mais aussi aux scènes symboliques sur lesquelles on se produit chaque jour. La scène de notre identité numérique, par exemple, celle qu'on foule quand on est au travail, quand on étudie ou quand on retrouve des amis. Le visage qu'on montre ou qu'on aimerait montrer aux autres. Le sociologue américain Erving Goffman a publié la première analyse des interactions sociales à travers le prisme du théâtre : d'après lui, nous jouons tous un rôle qui nous est assigné par notre catégorie sociale, notre sexe, notre statut, et, durant la représentation, nous signons un pacte avec ceux qui assistent à notre performance. Toutes les personnes impliquées dans cet échange vont agir comme si elles étaient dans la vie réelle. Aucune n'interrompant la pièce, chacune à l'aise dans son rôle :

> Quand un individu joue un rôle il exige implicitement des spectateurs qu'ils prennent au sérieux la façade

> qui leur est présentée. Il leur demande d'admettre que le personnage qu'il interprète possède réellement les attributs qu'il donne l'apparence de posséder, que la tâche qu'il accomplit aura les effets implicitement annoncés et que les choses sont bien, d'une manière générale, ce qu'elles semblent être[1].

C'est seulement quand l'acteur quitte la scène, ou quand il est en coulisses, qu'il peut mettre un terme à la représentation d'une identité ou d'un statut social. Pour nombre de personnes, une fois le spectacle fini, il est compliqué de prendre la mesure de ce qui reste. En coulisses, seul, l'acteur a du mal à se remobiliser pour s'enquérir de la qualité de son interprétation ; sans le réconfort qui va de pair avec la validation de la société ou la joie que procure l'esprit de cohésion, comment savoir quel rôle endosser ?

Toutes les scènes, physiques ou métaphoriques, présentent le même risque : tu ne peux pas laisser celui que tu es sur scène colmater les brèches de celui que tu es en dehors de la scène. Ce n'est pas tenable. Tu finis par t'effondrer. Si tu es une épave dans la vie

1. Erving Goffman, *The Presentation of Self in Everyday Life*, Penguin, 1956.

mais que tu te ressaisis assez pour assurer sur scène, ça va te rattraper. Je me suis retrouvée sur Oxford Street après une crise de panique, complètement tétanisée, accroupie sur le seuil d'une porte. J'ai dû reprendre le dessus parce que j'avais une interview prévue à la radio. Je m'en suis sortie. L'interview s'est bien passée. Je n'ai toujours pas compris comment j'avais pu me maîtriser pour honorer un rendez-vous professionnel, alors que je n'arrive pas à le faire pour ma propre santé mentale.

Impressionnant, ce pouvoir de la pression sociale.

Mon moi scénique a réussi à entraîner mon autre moi dans une vie dont il ne voulait pas. Alcool, drogue, sexe, bouffe, tout était bon pour m'apporter la paix intérieure, et ma nature profonde, cette partie dont j'espérais qu'elle monte sur le manège, a fini par se retourner contre moi. D'où mes crises de panique, ma dépression, mes coups de blues, mes insomnies. Essentiellement, c'est une question de respect de soi. Comment avoir assez de respect envers soi-même pour rassembler l'énergie qu'on réserve d'ordinaire à son public ? Aux gens qu'on doit impressionner ?

En résumé : on ne peut ni cacher ni forcer sa nature.

C'est quand j'éprouve un besoin vital de connexion que celle-ci se dérobe à moi. Soudain je suis désorienté·e, je fais des trucs idiots, je perds le contrôle de mes émotions, je ralentis et je me retrouve au point mort. L'air et le silence, rien d'autre. À la seconde où je me dis que c'est peine perdue, c'est là que la connexion se fait à nouveau. En me prenant au dépourvu. Comme si elle ne m'avait jamais lâché·e. Elle me rattrape et m'embarque, et je redeviens complètement moi-même. C'est comme s'il fallait que je n'aie plus aucune attente. Que s'opère un changement total de perspective. Il m'arrive de patauger des jours entiers, d'avoir à peine la force de tenir mon stylo parce que j'ai les mains en pâte à modeler, alors je finis par jeter l'éponge, je me pose devant un documentaire sur Manny Pacquiao que je regarde les yeux mi-clos, et tout à coup une déflagration se produit dans la pièce et l'onde de choc me traverse de part en part. Parfois ça arrive après une absence de plusieurs jours ou de plusieurs semaines, et c'est tellement intense que je me mets à pleurer. Je m'assieds et j'écris les joues trempées de larmes. Pourquoi ? Je n'en sais rien. Pourtant, je me sens bien ! J'ai l'impression d'avoir atteint la crête d'une colline que j'escalade depuis une éternité, et que la vallée en contrebas s'offre enfin à mes yeux.

SENTIR QUE ÇA PREND

Si les fenêtres de la perception
étaient nettoyées, chaque chose apparaîtrait
à l'homme – ainsi qu'elle l'est – infinie.

WILLIAM BLAKE

Je ne peux pas claquer des doigts et attendre que la connexion tombe du ciel. En revanche, j'ai la possibilité de mettre tous les atouts de mon côté et de créer les conditions les plus accueillantes qui soient. Il en va de même pour la conscience de soi. Je ne peux pas espérer avoir des révélations retentissantes sur mon tempérament – sur ma trajectoire de vie, pourquoi j'ai tendance à faire X quand je me retrouve face à Y – pendant que je suis occupé·e à faire rissoler des oignons. Avoir un minimum de lucidité, ça demande beaucoup de boulot, et encore plus si j'ai l'ambition de modifier mon comportement. C'est tout un art. Le travail que j'effectue sur moi-même n'est peut-être pas flagrant dans les échanges quotidiens mais, petit à petit, à force de persévérance, j'ai bon espoir que mon comportement reflète une mentalité en pleine évolution et, la prochaine fois, promis, j'agirai autrement. Identifier mes défauts ne se fait pas d'un claquement de doigts ; c'est un processus de longue haleine qui réclame une application constante. Et même au bout d'un interminable effort, même si je pense avoir trouvé la clef, un jour je me vois reflété·e dans une nouvelle relation et je me rends compte que j'en suis exactement au même stade. J'ai répété les mêmes erreurs. Tout ce temps, j'ai fait du surplace.

La technique, c'est l'aspect fastidieux de l'art. La connexion, sa récompense. Quand je parle de créativité ou de connexion créative, je ne m'intéresse pas aux détails pratiques de la technique ou du talent. La connexion créative se fait en grande partie au niveau du subconscient. Tout l'opposé de la technique. Celle-ci se construit sur des bases solides, elle se peaufine au fil des ans et on s'appuie sur elle pour faire aboutir un processus créatif. C'est ce qu'on développe en attendant que la connexion se produise. Des semaines entières s'écoulent au ralenti, pas le moindre signe, tu te demandes ce qui cloche, tu fais comme si tout était normal et tu t'attelles à la révision de ton manuscrit ou tu te consacres deux fois plus à tes répétitions, mais dans les recoins les plus assoupis de ta conscience, dans les renfoncements, tu entends cette petite voix : *Ce n'est pas venu aujourd'hui. Je n'ai pas senti le déclic*, et ça te laisse une sensation bizarre. Tu as l'impression d'attendre le coup de fil d'un ami qui n'appelle pas. Tu fonctionnes au radar, tu avances à tâtons. Écriture en roue libre, monologues à la première personne par le prisme de personnages secondaires, soixante-quatre couplets en rimes pauvres. Comme soulever de la fonte. Le fun en moins.

La technique, je peux toujours me reposer dessus, mais il n'est pas possible de monter sur scène et d'actionner un interrupteur pour passer en mode connecté. Cela se produit indépendamment de mes intentions. De la même façon, ce n'est pas parce que je suis devant un public que je vais chercher à établir un échange avec lui et me connecter de façon automatique, mais parfois ça arrive. J'ai ressenti cette connexion à d'innombrables occasions, mais je n'en suis pas responsable. Je ne saurais expliquer pourquoi certaines fois je suis connecté·e et d'autres fois non. Ce que je sais, c'est que cette sensation de fraternité, de communion, embarque tout le public ou alors personne. Il semblerait que j'en sois le vecteur, à condition de ne pas me mettre en travers du chemin. La moindre interférence peut empêcher la connexion de s'établir. Si on force, ça bloque illico.

Idem avec les mots. Surtout, ne pas se mettre en travers. Je ne dois pas les déclamer de manière trop théâtrale, car ils sont déjà lourds de sens ; si ma façon de parler enrichit le langage, ça va le rendre indigeste. Dans l'idéal, plus le registre est élevé, plus le timbre devra être monocorde. Autrement, on est dans l'excès. En même temps, le langage, je ne dois pas l'entraver. Pas plus que je ne dois l'aplanir : ce serait le contrôler, et le contrôle asphyxie la découverte et la connexion. Peter Brook l'a exprimé en ces termes : « En réalité il ne compose pas la musique, c'est la musique qui le compose – s'il est serein, à l'écoute et en phase, l'invisible prendra possession de lui ; et à travers lui, nous atteindre. »

Même si j'arrive avec la volonté de ne pas trop mettre d'énergie dans ma voix, c'est compliqué de ne pas s'enflammer avec l'adrénaline du live et le désir de toucher le public. En plus, j'ai tendance à m'imaginer que ces gens n'aiment pas, qu'ils ne sont pas dedans, et même s'ils ont fait la démarche de venir me voir, qu'ils sont adorables et tolérants, j'envisage la catastrophe, je me prépare au pire – difficile, avec tout ça, d'échapper à l'effet soufflerie, de ne pas laisser les rafales tout balayer jusqu'à ce que j'oublie que j'étais censé·e ne pas me mettre en travers du chemin et que je finisse par complètement bloquer le langage, en forçant dessus comme un·e acharné·e.

Si tu insistes trop, il va se refuser à toi. Vouloir imposer un sens tue le sens. Rien ne vaut la spontanéité de l'inspiration. *À travers* toi, pas *grâce* à toi. Se connecter à l'autre, ça fonctionne pareil. Il ne s'agit pas d'appuyer frénétiquement sur le frein, mais de s'écarter du chemin et de découvrir le rythme qui a toujours été là.

Sur scène, le temps s'écoule différemment ; il se contracte pour former une succession d'instants, de mots mis bout à bout, ou bien se dilate pour être vécu comme un continuum. Certains soirs, à peine le concert entamé, il faut déjà le boucler. Je respire une fois, deux fois, et c'est fini. D'autres soirs, je suis tellement empêtré·e dans la langue que je mets un temps fou à assembler les mots pour construire ce que je veux. J'ai quelques repères durant le set, des moments où je me dis : *Ok, plus que dix minutes à tirer.* Des balises qui me rassurent : *Bon, j'en vois le bout.* Ce n'est pas que j'attende avec impatience que la représentation se termine, non, c'est simplement ce qui arrive quand les soirées s'enchaînent, identiques les unes aux autres. On commence à reconnaître la forme qu'elles prennent et on a moins de mal à puiser dans ses réserves chaque soir.

Mon travail a quelque chose de sombre. Il s'épanouit avec des formes obscures et ces silhouettes massées dans une salle immense peuvent paraître menaçantes depuis la scène. Mais, à chaque concert, advient ce moment où les ténèbres rencontrent la lumière à mon initiative, et un éclair galvanisant nous parcourt à la fin du set, de l'album ou du poème. Ténèbres et lumière sont indissociables, pour moi en tout cas. J'ai bien tenté de faire pénétrer la lumière dans ce que j'écris, d'en exclure l'obscurité ; j'ai voulu me convaincre qu'un album empreint d'ondes positives est une vision plus utile à offrir au monde qu'un album cafardeux. Mais l'occasion ne s'est pas encore présentée. L'équilibre, c'est l'objectif qu'on cherche à atteindre, et un reflet convaincant de la vie ne peut être binaire. Je dois me faire à l'idée que, certains jours, je me sens léthargique, coupé·e de ce que je vis, et qu'à d'autres moments je suis expansif·ve, éveillé·e, heureux·se et apaisé·e. Si je ne touche pas le fond, comment puis-je prendre l'élan nécessaire pour regagner la surface ?

Durant la tournée de *Traps and Lessons*, le morceau qui conclut le set, « People's Faces », offre un beau moment. Généralement, à cet instant, les nuages se dissipent. Depuis la scène on regarde les visages dans le public, les gens nous retournent ce regard et on en voit beaucoup, chaque soir, qui écrasent une larme. L'émotion nous gagne tous. La connexion s'effectue, bouleversante, malgré le malaise que contiennent mes paroles, l'espoir frémit, on délaisse le son électro au profit du piano acoustique, le combat rythmique contre des thèmes et des récits tirés de ce que j'ai vécu de plus sombre cède la place à une déclaration d'affection sans chichis – plus de théâtre, simplement des musiciens sur une estrade, deux personnes face à la foule qui jouent avec des instruments simples, qui parlent avec des mots simples, et ces gens qui sont là, vraiment là, tous ensemble, et qui sentent qu'il se passe quelque chose.

/

Ce texte a pris forme durant le premier confinement instauré pendant la pandémie de 2020. Les secteurs du théâtre et de la musique ont mis en avant une façon inédite d'approcher le spectacle vivant via les nouvelles technologies. Presque tous les jours j'ai eu une conversation avec un ami ou un collègue sur la date potentielle de reprise des tournées ou la forme que prendraient les concerts le jour où on serait autorisés à remonter sur scène, si ce jour arrivait.

Mais le live, et les interactions qu'il permet, a une sincérité qu'un écran abolit immédiatement. Les écrans – celui qu'on a en main pour regarder la prestation de l'artiste et celui qui sert à la captation dans la salle – referment la porte qui sépare l'écrivain de l'œuvre et du lecteur. On assiste à quelque chose sans y prendre part. Les écrans fonctionnent pour les films, le cinéma, la télévision. Pas pour le spectacle vivant.

Pendant le confinement, alors que les liens sociaux et les contacts étaient sévèrement contrôlés, s'est fait sentir la privation de ce qu'on tenait pour acquis. Tu te souviens de ces soirées où tu es allé en traînant les pieds ? C'est quand on doit tirer un trait sur une chose qu'on prend conscience de son importance. Quand on y a accès en permanence, on ne se penche pas sur ce qu'elle représente à nos yeux. L'idée est cliché, certes, mais c'est parce que c'est une vérité.

Lorsque l'apathie me gagne, comment me connecter ? Impossible. En revanche, je peux essayer d'aménager un environnement favorable à la connexion pour le cas où elle se présenterait. L'abstinence digitale peut aider. Ne pas toucher à mon portable une journée entière me remet en phase avec mon esprit et m'aide à affûter mes sens. Jeûner aide aussi. Goûter un aliment après une journée sans manger me permet de mesurer la valeur des actions du quotidien. Et me rappelle à quel point j'ai de la chance d'avoir un repas sur la table. Le jeûne rituel occupe une place fondamentale dans toutes les cultures et toutes les religions. Sauf chez nous, dans notre Occident profane, où on attend que tous les accessoires du succès nous soient offerts sur un plateau en nous dispensant de l'examen intérieur nécessaire pour comprendre le coût et les responsabilités qui accompagnent cette prospérité.

La solitude est aussi salutaire. Toutes les choses dont on a toujours su qu'elles étaient bénéfiques pour la vie spirituelle revêtent à présent une importance nouvelle, à une époque où l'âme se retrouve captive du béton et du verre, lasse de cette orgie de stimuli, indifférente à chaque interaction.

On a fait un sacré chemin.

On a démesurément enflé, et notre ego avec nous. L'écosystème qui assure notre survie ploie sous notre poids. À un moment ça va lâcher, forcément. Et, oui, on a gagné en espérance de vie. La femme moderne travaille, porte le pantalon. Le tableau n'est pas si noir.

Pourtant, il m'arrive de souhaiter que quelque chose de radical vienne m'arracher à cette apathie solitaire. Quelque chose venu des temps anciens et plus humain que tout ce qu'on a construit jusqu'ici pour assurer notre sécurité, notre tranquillité, notre confort, notre routine ; les distractions commodes d'une vie orientée vers un objectif, la léthargie qui retient le rideau, les strates qui émoussent la violence du passé, lointain ou proche. Il me faut le rugissement d'une sono, les courbes émouvantes d'une sculpture de Rodin ou une compile Kool FM pendant que j'arrache la moquette ou que je décolle le carrelage du mur au ciseau. Il me faut de la créativité. Parfois on a besoin de notre petit rituel. Libérer de la place. Allumer une bougie. S'asseoir dans une position précise. Ou alors s'apprêter selon son goût pour sortir danser jusqu'au bout de la nuit. On a parfois besoin de se livrer, pieds et poings liés, à la merci d'une force qui surclasse les emmerdes quotidiennes.

Ma créativité m'ouvre l'accès à d'autres mondes parallèles à celui-ci. Malgré cet outil puissant, ces autres mondes me restent parfois hors d'atteinte, le son est coupé. Et je me retrouve bloqué·e entre deux dimensions. Laminé·e par le train-train et le désir de me conformer au train-train. J'attends fébrilement que la société me dise quoi faire pour devenir un individu à part entière. J'attends fébrilement qu'une fem complète la butch que je suis, qu'on ait notre maison à nous, qu'on soit deux êtres unis avec des enfants qui nous ressemblent, et la sécurité financière pour traverser les tempêtes de la vie. Même si cet idéal bien plan-plan est un produit issu de l'imagination populaire et aux antipodes, en réalité, de mes convictions profondes, j'y aspire malgré tout ! J'essaie quand même de l'évacuer. Ce cadre contre nature d'une vie sans appartenance. M'arranger pour occuper tout l'horizon de ma compagne, nous étouffer l'un·e l'autre au lieu de nous étreindre. Une existence bâtie sur des concepts obsolètes dans des cités dont la prospérité repose sur le pillage. Les forfaits sans repentir qui ricochent partout sur les briques.

Et pourtant.

Je fais de la musique et la musique m'ouvre l'accès à une liberté si absolue que je rayonne des pieds à la tête. Je sors d'un set nimbé·e d'une lueur poisseuse. Scannant le public du regard, enfin, je vois la réalité. Des gens qui vivent des émotions authentiques.

La musique.

La musique live.

La parole sur scène.

Le théâtre de la résistance. Le théâtre de l'amour.

Déclarations passionnées. Petites observations venues du fond du cœur.

Précision. Concentration. Dévouement à une discipline artistique, à une pratique, qui vise bien plus haut que l'expression de l'individualité. Au-delà du *moi c'est moi et c'est re-moi et visez mon moi, vous avez vu comme mon moi est différent des autres moi ?* Bien au-delà. Plante-toi au milieu d'une foule, écoute la musique. Pose-toi sur une chaise et regarde un corps traverser l'espace. Laisse-toi ébranler par quelque chose de non inerte qui vit dans les tréfonds des transactions fondées sur l'AMOUR. Déclare avec ferveur : « J'ai vu. J'ai entendu. J'ai ressenti. Et c'est pour vous que je parle. Que je chante. Que je danse ici comme ça. Je veux exprimer plus que moi-même. Je veux exprimer quelque chose de NOUS. » Et, une fraction de seconde, l'apathie est expulsée de moi, parce que cette personne chante ma vie sur scène ! C'est mon désespoir et mon espoir que j'entends dans cette batterie ! Et mon existence ne se limite pas à ma propre individualité. Je ne suis pas qu'un avatar, en compétition avec d'autres avatars.

La connexion compense l'apathie. C'est le premier pas vers la reconnaissance, le sens du devoir ou la responsabilité. Éphémère ou durable, elle nous rapproche des autres. Elle déborde de joie. Elle est euphorique. Elle n'a peur de rien. Je me trouve dans un lieu avec des gens tout autour, je les vois, je sens leur présence, et ce que j'ai vécu fait que, au moment de quitter cette salle de spectacle, ce club étouffant, ce bar miteux, cet immense auditorium ou ce banc dans le parc où je lis le bouquin que j'ai emprunté, et de prendre le train pour traverser la ville et retourner là où m'attend mon lit, je serai parfaitement conscient·e de l'existence des techniciens qui entretiennent le réseau, des agents de gare qui balaient les quais et donnent le coup de sifflet annonçant la fermeture des portes. Conscient·e de mon humanité. Conscient·e de ma complicité. Je témoignerai de la tendresse et du respect aux gens dont je croise le chemin.

La vie telle qu'on la connaît est parfaitement irréelle, parfaitement inhumaine. Ce système de compétition effrénée à base de selfies nous a dévorés. La musique, elle, nous revigore. Les artistes n'ont pas pour ambition de t'inciter à adhérer, à te soumettre ou à consommer leurs idéaux. Ils servent un objectif plus élevé. Plus vaste. Plus profond. Ce qui explique pourquoi tu as la sensation d'aller plus haut, plus loin, plus profond quand tu te connectes à leurs œuvres. Cette connexion peut se résumer à acheter leur t-shirt ou à les envoyer en tournée mondiale. Et même alors, dans ces moments-là, le groupe que tu aimes voit ses nobles intentions inévitablement servir une industrie capitaliste qui se repaît de ses efforts créatifs. Le live, en revanche, reste toujours une quête authentique de connexion. Les membres du groupe prennent part au système sans être gagnés par son apathie. Leur vigueur se maintient tant qu'ils restent connectés à leur quête.

L'art revêt autant de formes que l'expérience humaine, et toutes les musiques ne se prêtent pas à la connexion. Le théâtre ne s'intéresse pas nécessairement à toi. La culture, en règle générale, est un passe-temps bourgeois, la réaffirmation d'une vie policée qui cimente les préjugés et légitime l'ignorance. Et une grande partie de la musique actuelle est produite en masse, fabriquée avec cynisme. À part tes clics, elle ne réclame rien de toi. Ce qu'elle attend, c'est ton apathie. Mais je ne parle pas ici de ce type d'expression artistique. Lâchons ce sujet, il reçoit déjà assez d'attention comme ça.

De grandes œuvres sont produites en permanence. À toi de les repérer. Si elles te touchent, sois reconnaissant d'être ouvert à l'émotion, reconnaissant d'avoir les poils qui se hérissent devant ton groupe préféré. C'est le début. Accroche-toi à ça.

/

On ne peut pas tourner rond dans ce monde si on vient d'un autre monde. On ne peut pas tourner rond, non plus, en se fermant à l'autre. Sinon on manque d'air. On suffoque. Les sens s'émoussent. Ce qui peut perturber. La vie s'écoule, mais rien n'a un écho plus profond. En dehors de la secousse primale de la naissance ou de la mort, aucune expérience n'a l'intensité nécessaire pour ancrer une personne à un parcours de vie qui a du sens. Sans objectif clair, les jours sont noyés de lumière, reflets vides d'eux-mêmes. Ou alors un enchaînement sans fin de tâches à effectuer. Des trucs qu'on fait machinalement. Des trucs dont on jouit machinalement. J'aime telle ou telle chose, parce que c'est comme ça que je fonctionne. Je vais faire telle ou telle chose parce que c'est ce qu'on a toujours fait dans ma famille et que c'est ce qu'on attend de moi. Tout ce temps, l'esprit des profondeurs est ignoré. Muselé. Pas pris en compte une seule seconde. Paradoxalement, on peut avoir une présence numérique et afficher une identité plus profonde tout en négligeant les facettes qui construisent cette identité. On peut rapprocher cela de l'acquisition des marqueurs attestant d'une vie réussie. Une voiture de luxe. Des symboles de statut social. Un partenaire séduisant. Plusieurs partenaires séduisants. Des tas de gens qui savent comment on s'appelle. Des fringues à la mode. Une maison parfaitement entretenue. Des enfants qui connaissent leurs tables de multiplication par cœur. Une maman dont on prend soin chaque jour. Des voisins qui nous considèrent comme un citoyen exemplaire. La messe, qu'on ne rate pour rien au monde. Tout ce qui peut nous combler.

Rien ne nous oblige à nous investir dans l'« art » pour éprouver de l'empathie ou accéder aux profondeurs. Il est possible d'accéder aux profondeurs universelles par le truchement de l'art, ce qui a été mon cas, mais il est faux de dire que le dessin ou l'écriture favorisent systématiquement une connexion de qualité. Se consacrer à une discipline artistique, comme le reste, peut sembler déconnecté du réel, fastidieux, rébarbatif. Alors, comment faire évoluer le regard qu'on porte sur le monde ? Jung conduisait ses rituels nocturnes au moyen de mots et d'images. Georgie Yeats préférait la transe et le spiritisme. Mike Tyson fumait de la DMT, une substance psychotrope sécrétée par un crapaud qu'on croise exclusivement dans le désert de Sonora, et sa vie a été métamorphosée par ce qu'il décrit comme la mort de son ego : « J'ai réalisé que je n'étais rien. » Il conclut ainsi : « Sur le moment, j'étais heureux. »

Il existe de multiples façons d'accéder à une zone qui entre en résonance avec soi. Il faut d'abord reconnaître que tout entre en résonance. Quand une chanteuse d'opéra atteint une note précise qui fait éclater un verre, elle amplifie la fréquence de résonance de ce verre. Chaque objet est sensible à une certaine fréquence. Toi y compris.

Il est faux de dire que l'apathie doit être surmontée pour activer sa créativité. Apathie et connexion appartiennent au même spectre.

J'ai appris, tout au long de ma vie, à accorder une valeur démesurée aux biens matériels, au statut social, à l'adhésion du public. J'ai dû me défaire de cela pour m'habituer à chérir ce qui est immatériel, ce qui n'apporte pas une satisfaction immédiate. Les échanges anecdotiques. L'intimité sincère.

Comment me recentrer ?

D'abord en accordant une attention particulière à ce qui m'échappait jusqu'alors. La jonction de deux arbres au niveau des racines. Les briques du mur que je longe. Le motif floral qui orne une balustrade en fer forgé. Les couleurs. Les sensations dans mon propre corps. Ensuite, en étudiant de près les phases critiques, les crises d'angoisse. Ou quand je me sens partir à la dérive, quand je me réfugie dans l'imaginaire au lieu de me retenir à l'instant présent. En affrontant l'ennui, au lieu de succomber à la tentation de m'en détourner.

C'est la capacité de rejeter, de faire reculer « nos » normes dans la société en général qui crée la contre-culture, qui contient les germes du changement.

Ne sois pas trop dur envers toi-même.

Tu ne peux pas être tout le temps dans la réalité du moment.

En revanche, plus tu te concentres sur ton expérience et plus grande sera ta conscience de cette expérience, plus profonde l'immersion. Et la connexion n'en sera que facilitée.

Alors

Lâche ton téléphone.

Écoute les oiseaux.

Fais un feu dans un coin tranquille.

Sois attentif aux détails quand tu embrasses la personne que tu aimes.

Quand tu demandes à tes voisins des nouvelles de leur santé.

Quand tu traverses la rue, que tu remplis la gamelle du chat ou que tu achètes des tomates.

Quand tu dis adieu à ton père ou à ta mère au crématorium.

Quand la situation devient floue, change de focale.

Tu ne peux pas changer de focale ? Alors n'en change pas.

« Je dois », ça n'existe pas. « Il le faut », ça n'existe pas.

Simplement, « j'essaie ». « Je choisis. »

Marche sous une pluie battante les épaules bien droites.

Sois attentif aux détails quand on t'emmène toutes sirènes hurlantes à l'hôpital, pendant que tu te vides de ton sang après un avortement.

Inspire à pleins poumons, expire lentement.

Sois attentif aux détails quand tu t'es fait virer de chez toi et que tu dois dormir dans le parc.

Quand tu veux conduire les enfants à l'école mais qu'ils ont planqué leurs chaussures alors que vous êtes déjà en retard, et que l'un d'eux s'est peinturluré de feutre bleu.

Quand ta tante tombe malade mais que tu ne peux pas la voir pour cause de Covid-19.

Sois attentif aux détails quand tu lances une cagnotte en ligne pour une torsoplastie.

Quand tu te sens apathique, change de focale.

Sois attentif aux détails quand tu démarres en marche arrière dans un accès de colère et que tu te prends un poteau.

Quand tu obtiens l'augmentation tant attendue.

Quand une odeur te rappelle un ami décédé et que tu suis son sillage un moment dans la rue.

Fais une virée sur la côte et admire la mer.

Promène-toi en forêt au petit matin.

Passe une journée entière sans dérivatifs.

Personne ne fait grand cas de ce que tu as dit ni du ton que tu as employé pour le dire. Tous ces gens sont trop occupés à se prendre la tête sur ce qu'ils ont dit eux, ou sur le ton qu'ils ont employé. Même s'ils t'étrillent sur les réseaux sociaux, ils n'en veulent qu'à eux-mêmes et, par ailleurs, ce n'est pas l'opinion des autres qui te définit. Qu'est-ce qui te définit, alors ? Cet instant précis, là, maintenant.

Lâche prise.

Chaque bonjour lancé à tue-tête, chaque voiture qui cale, chaque sirène qui hurle, chaque enfant qui braille, chaque chien, chaque renard, chaque radio. Cette cacophonie qui nous enveloppe, c'est la vie, ce sont les gens qui vivent. Pas un bruit de fond. Non, c'est tout près. Là devant, bien au centre. Tu vois toutes ces fenêtres, tous ces immeubles ? Lève les yeux. Il y a de la vie là-dedans. Fais un pas de côté. Détache-toi de toi-même. Règle ta fréquence sur les autres. Sur les branches qui oscillent, la pluie qui s'abat soudain, les motifs que dessinent les vagues. Sur la façon dont ces deux-là se prélassent dans l'herbe. Sur cet autre qui squatte un banc, les mains jointes et les yeux au ciel. Sur ces trois qui attendent au passage piéton, l'une jouant avec les cheveux de l'autre. Sur ce gamin, là, qui se bat avec ses sacs de courses trop lourds et qui essaie de rattraper les jambes puissantes de sa mère. Voilà. C'est ça. C'est ça qui est beau.

Remerciements

Merci à mon éditrice, Alexa von Hirschberg, et à mon agente, Rebecca Thomas, pour la confiance qu'elles m'ont témoignée. Sans vous, ce livre n'existerait pas.

Merci également à Dan Carey et à Ian Rickson, pour les conseils et les encouragements.

Ma reconnaissance la plus profonde à mes amis – Jim, Maisie, Luce, G, Mica, Munna, Stef, Lisa –, à mes sœurs – Laura, Sita, Ruth et Claudia –, à mes frères – Jack, Matty et Joel –, à mes neveux et nièces – Bess, Ziggy, Archie, Poppy et Ernie –, et à mes merveilleux parents – Nigel et Gilly – qui me soutiennent depuis toujours, qui ont veillé sur moi quand j'étais au plus bas, qui sont là pour moi même quand je ne suis pas là pour eux. Avec tout mon Amour.

Enfin, merci à toi, Lecteur, pour ton engagement, toi qui raccordes le circuit.

RÉALISATION : NORD COMPO À VILLENEUVE-D'ASCQ
IMPRESSION : NORMANDIE ROTO IMPRESSION S.A.S. À LONRAI
DÉPÔT LÉGAL : AVRIL 2021. N° 1746 (2100980)
IMPRIMÉ EN FRANCE